HISTOIRES

TRAGIQUES ET COMIQUES

TIRÉES DES

ANNALES JUDICIAIRES.

Recueil intéressant

DESTINÉ A L'INSTRUCTION DES HABITANS
DES VILLES ET DES CAMPAGNES.

PARIS.

DERCHE, LIBRAIRE-ÉDITEUR,

SUCCESSEUR DE GAUTHIER,

QUAI DU MARCHÉ-NEUF, 31.

HISTOIRES

TRAGIQUES ET COMIQUES.

« Pardon, dit le voleur, j'oubliais de vous rendre
« votre bourse. » (Page 22.)

HISTOIRES

TRAGIQUES ET COMIQUES,

TIRÉES

DES ANNALES JUDICIAIRES.

RECUEIL INTÉRESSANT,

Destiné à l'instruction des habitans des villes
et des campagnes.

PARIS.

DERCHE, LIBRAIRE, succ. de GAUTHIER,
quai du Marché-Neuf, 34.

1843

Notre intention, en publiant ce Recueil, est de prouver par des faits authentiques, aux habitans des villes, et à ceux des campagnes surtout, qu'un grand nombre d'événemens malheureux, dont ils sont journellement les victimes, prennent leur source dans leur trop de confiance, leur inexpérience et leur crédulité. Si les exemples que nous citons peuvent les corriger de ces défauts et les engager à se mettre en garde contre les embûches des assassins, des voleurs et des fripons, nous aurons rempli une tâche aussi honorable qu'utile.

HISTOIRES

TRAGIQUES ET COMIQUES.

———— ✦ ————

LES SUITES D'UNE ORGIE RUSSE

(Histoire tragique).

Un jeune lieutenant au régiment de cuirassiers de Staroduboro, M. Mierzalof, âgé de vingt-deux ans, hérita, par suite du décès d'un de ses oncles, d'une fortune considérable consistant en seigneuries et propriétés situées dans le gouvernement de Tambof. Empressé de recueillir l'opulente succession, le jeune lieutenant donna aussitôt sa démission, quitta ses camarades, se promettant bien toutefois de les revoir, et alla s'établir au village de Sokolin-Slaw, le plus agréable et le mieux situé parmi ceux en grand nombre qui venaient de lui échoir en propriété absolue.

De ce moment, et avec toute la fougue de son âge, le jeune Mierzalof se prit à mener la vie d'un seigneur russe possesseur de deux mille âmes, c'est-à-dire de deux mille paysans, dont moitié, d'ordinaire, se composent de jolies filles, auxquelles, à la vérité, les ukases impériaux dénient d'avoir une âme, mais qui n'en sont pas moins, parmi les propriétés d'un seigneur et maître

1.

de vingt-deux ans, celle peut-être à laquelle il attache le plus de prix.

Mierzalof, comme tous ceux de sa naissance et de sa fortune, menait donc dans son château de Sokolin-Slaw la vie la plus molle et la plus dissolue, lorsque venant le jour de saint Alexis, fête vénérée de son patron, il convia douze de ses anciens camarades du régiment de Staroduboro à la venir célébrer avec lui. Les officiers, dont le régiment se trouvait momentanément cantonné à peu de distance, s'empressèrent de faire honneur à l'invitation de leur ami : aussi le jour du saint patron, la matinée s'ouvrit-elle joyeusement par un grand déjeuner, de brillantes cavalcades, le tir au pistolet et au fusil, et surtout par d'amples et fréquentes rasades portées avec le meilleur vin de Champagne mousseux de France. Au dîner, servi avec une magnificence orientale et dont chaque service était apporté par des jeunes filles chantant en chœur les airs du pays, ce qui restait de raison dans la légère cervelle du seigneur suzerain de Sokolin-Slaw et de ses convives disparut entièrement ; au dessert, les serviteurs mâles furent congédiés, et Mierzalof, déclarant qu'il voulait faire complétement les honneurs de ce qui lui appartenait à ses anciens camarades les cuirassiers de Staroduboro, les invita à choisir chacun dans le chœur des jeunes chanteuses celle qui lui agréerait le plus.

Habituées dès le berceau à une obéissance aveugle, et bien assurées d'ailleurs de ne pouvoir trouver ni protection ni défense au milieu des serfs de Sokolin-Slaw, les pauvres jeunes filles sur lesquelles s'arrêta le choix des officiers se soumirent, sauf une toutefois, *Maryna*, la plus belle peut-être parmi elles; profitant du moment où les portes de la résidence seigneuriale n'étaient pas encore fermées, elle prit la fuite et se dirigea vers la campagne.

« Qu'y a-t-il? quelle cavale sauvage essaierait de se soustraire à mon joug? s'écria Mierzalof en reconnaissant la cause de la rumeur qui se manifestait parmi ses amis; holà! Kej'Ivan!... Alexis!... lancez-vous à la poursuite de Maryna, et que sans retard elle soit ramenée ici!»

De ces deux hommes auxquels le boyard intimait cet ordre, l'un était le frère de Maryna, l'autre son fiancé! Ils obéirent cependant avec l'ardeur aveugle du chien lancé sur le gibier fugitif, et dix minutes ne s'étaient pas écoulées que Maryna, le visage couvert de larmes, tous les membres agités d'un tremblement convulsif, était ramenée par eux aux pieds de ce maître que, dans leur superstitieuse crédulité, ils croyaient libre de disposer non seulement de leur vie, de leur dépouille mortelle, mais encore de leur âme.

Une fois Maryna rentrée au château, elle fut, ainsi que douze autres jeunes filles, coiffée, parée de vêtemens magnifiques, couverte de fleurs, de riches bijoux; puis, le soir venu, commença dans la grande salle, étincelante de bougies, une de ces orgies brutales que les seigneurs russes, dans leurs déportemens à demi-sauvages, appellent un *souper d'Eden.*

A minuit, le retentissement de la musique, le bruit des chants et du choc des verres avaient cessé dans le château; ceux des serfs que leur service ne retenait pas à leur poste s'étaient dis persés dans le village ; Kej'Ivan entre autres, et Alexis, le frère et le fiancé de Maryna, s'étaient retirés dans un cabaret où, pour chasser les pénibles idées qui les obsédaient et pour se remettre des fatigues du jour, ils se faisaient servir d'amples rasades d'eau-de-vie de grains.

Cependant, dans la partie la plus reculée de la résidence de Sokolin-Slaw, et tandis qu'à toutes les fenêtres on voyait successivement les lumières disparaître et le repos régner après tant de bruit, une femme veillait, en proie à toutes les émotions de la jalousie et de la fureur. C'était la jeune et belle Marfa, depuis une année favorite de Mierzaloff, qu'il s'était bien gardé de présenter aux officiers ses amis, et surtout de faire assister à l'orgie par laquelle il célébrait leur visite. Une esclave attachée au service de la jeune femme avait épié par son ordre tout ce qui s'était passé dans la journée; elle avait su ainsi la fuite de Maryna, son retour; puis enfin elle avait appris que le boyard, séduit par la beauté de la jeune fille et peut-être excité aussi par sa résistance, l'avait lui-même choisie parmi ses compagnes et s'était enfermé avec elle dans son appartement.

Bien résolue à se venger de l'infidélité de Mierzaloff, Marfa, sans prendre d'autres conseils que ceux de ses inspirations de jalousie, sortit du château seule et sans être aperçue, chercha dans le village le frère et le fiancé de Maryna, et parvint enfin vers le milieu de la nuit à les trouver tous les deux au cabaret.

Alors elle leur reprocha leur honte, leur montra combien grande était leur lâcheté, jeta dans leur cœur les sentimens de vengeance que le sien ne suffisait plus à contenir, et parvint enfin à les faire sortir de leur apathie et à exciter chez eux une exaltation telle que, brisant leurs verres et faisant chacun de l'index de leurs deux mains une croix sur laquelle ils appliquèrent un baiser,

« Nous nous vengerons ! » s'écrièrent-ils.

Après ce serment prêté sur *la croix des doigts*, engagement le plus solennel que puisse prendre un paysan moscovite, Kej'Ivan et Alexis quittèrent Marfa et parcoururent successivement tou'es les maisons du village, réveillant leurs compagnons et leur faisant part du projet qu'ils avaient conçu.

Trois heures environ après la scène que nous venons de rapporter, au moment où le jour venait de poindre, et alors que les hôtes du château étaient plongés encore dans les douceurs du sommeil, une bande de près de quatre cents paysans, portant chacun une botte de paille sèche, se répandit autour du château, construit en bois, comme la presque totalité des résidences de la province de Tambof. A un signal convenu, et avant que personne de l'intérieur pût donner l'éveil, les paysans mirent le feu de tous les côtés à la fois aux monceaux de paille qu'ils avaient disposés le long des parois des bâtimens, puis, se retirant à quelque distance, ils attendirent, armés de fusils, de haches, de fourches et de faux, que le seigneur de Sokolin-Slaw et ses convives fussent arrachés au sommeil par cette épouvantable illumination.

Réveillé le premier, Mierzalof, à la vue de l'incendie, s'élança dans la cour, et voulut franchir la porte d'entrée : un coup de fusil, qui l'étendit sur le seuil, lui apprit de quel sort étaient menacés tous ses convives. Ceux-ci bientôt parurent le sabre à la main, et cherchèrent à se faire jour à travers le double obstacle des flammes et des rangs serrés des paysans. Une lutte terrible s'engagea alors, lutte dans laquelle les officiers de cuirassiers furent assez heureux toutefois pour ne perdre qu'un des leurs. Harassés de fatigue, ayant leurs vêtemens, leur chevelure et leurs moustaches brûlés, ils parvinrent enfin à gagner un petit bois où, hors de l'atteinte des paysans, ils purent donner les premiers secours à quatre d'entre eux qui avaient été dangereusement blessés.

Cependant, aussitôt qu'ils avaient vu tomber leur seigneur, et lorsqu'ils reconnurent qu'ils chercheraient vainement à poursuivre les officiers, les paysans révoltés s'étaient précipités dans le château pour sauver les jeunes filles, innocentes victimes de leur maître. Quant à celui-ci, après l'avoir relevé baigné dans son sang, ils assouvirent sur lui leur haine longtemps comprimée, en lui faisant subir un supplice de la barbarie la plus atroce. Un immense bûcher ayant été allumé, ils attendirent que le bois de sapin qui l'avait formé ne produisît plus ni flamme ni fumée, mais présentât seulement l'aspect d'un brasier ardent; ils jetèrent alors le corps du malheureux Mierzalof au milieu de cette fournaise. En vain Marfa, tardivement repentante des vengeances dont elle avait été la provocatrice, supplia-t-elle pour son infortuné maître, qu'elle croyait respirant encore; pour toute réponse, ils la saisirent et la précipitèrent dans l'ardent foyer, en lui reprochant d'avoir aimé un pareil monstre.

Cette terrible exécution terminée, la fureur des paysans se tourna sur tout ce qui avait appartenu au seigneur de Sokolin-Slaw. Le château fut complétement incendié, les granges, les brasseries, les écuries, ne présentèrent plus qu'un amas de cendres ; dans leur ardeur de vengeance enfin, et voulant que rien de ce qu'avait aimé Mierzalof ne demeurât après lui, ils éventrèrent les chevaux et les chiens qui composaient son train et sa meute.

Trois jours après ce tragique événement, un chef de police de district arriva sur les lieux, chargé de procéder à une enquête judiciaire, et accompagné de deux compagnies d'infanterie et de cavalerie, au cas où la rébellion des paysans continuerait. Qu'on juge de sa surprise, lorsqu'au lieu de se trouver aux prises avec des révoltés, il apprit, en arrivant dans le village, que toute la population de Sokolin-Slaw était réunie à l'église, où se célébraient douze mariages entre les douze jeunes filles victimes de la dernière orgie du seigneur et les douze jeunes garçons qui étaient leurs fiancés avant l'événement malheureux dont ils espéraient effacer ainsi la honte.

Les preuves du meurtre et de l'incendie étaient flagrantes, et les paysans s'avouèrent tous coupables. Deux cent quatre-vingt-trois paysans, à la tête desquels étaient Kej'Ivan et Alexis, furent arrêtés et conduits dans les prisons de Tambof, où le tribunal criminel continua l'information.

Le jugement des accusés de Sokolin-Slaw eut lieu bientôt après. Reconnus coupables du crime d'assassinat et d'incendie volontaires, les deux cent quatre-vingt-trois accusés, jeunes gens, hommes faits, vieillards, furent condamnés indistinctement à recevoir chacun cent coups de knout, et pour ceux qui survivraient à ce supplice, à être déportés aux travaux des mines de Sibérie à perpétuité. Les juges, toutefois, après le prononcé de cet arrêt, dicté par l'inflexibilité de la loi, adressèrent au Czar une pétition dans laquelle ils lui exposaient l'affaire avec impartialité, et sollicitaient de sa sagesse et de sa clémence une commutation de peine pour les condamnés, ou au moins un adoucissement à la rigueur de leur sort.

L'empereur, après avoir pris l'avis du conseil d'État, rendit un ukase en exécution duquel toute la population de Sokolin-Slaw devait être envoyée dans les colonies du Caucase, d'où les hommes capables de porter les armes seraient enrôlés dans les régimens de cosaques de ligne.

LE COCU CONDAMNÉ A L'AMENDE ET A LA PRISON ET MÉCONTENT.

Autrefois il était permis de battre sa femme, mais il était défendu de l'assommer; aujourd'hui c'est différent.

M. Brûlé est traduit devant la police correctionnelle de la Seine pour avoir porté à sa femme des coups qui l'ont obligée à garder le lit pendant plus de quinze jours. En voyant M. Brûlé, on ne croirait jamais qu'il ait pu se rendre coupable d'un pareil délit : c'est un petit homme blond, à l'œil doux, au sourire suave, à la figure rosé; tout chez lui, jusqu'à sa parole, annonce la douceur.

M. le président : Brûlé, vous avez frappé votre femme de la façon la plus brutale.

Le prévenu : Je lui ai donné la récompense due à ses vertus et à ses mérites.

M. le président : Quelle que fût la conduite de votre femme, vous n'aviez pas le droit de la battre.

Le prévenu : Ah ! alors une femme peut faire tout ce qu'elle voudra, et le mari sera obligé de lui dire : Ma chère amie, tu es un ange, et je t'adore... Viens m'embrasser, ma petite femme. . veux-tu que je te régale du spectacle ? veux-tu que je te donne un chapeau de velours nacarat ?

M. le président : Il ne s'agit pas de céla, et je vous engage à répondre d'une manière plus convenable. Je vous répète que rien ne pouvait vous autoriser à frapper votre femme. Si vous aviez à vous plaindre d'elle, il fallait vous adresser à la justice.

Le prévenu : Et la colère ! et le sang qui bout ! et les nerfs qui se crispent !... Il faut pourtant tenir compte de cela à un pauvre mari. Je demande à dire à la face du ciel la conduite de ma femme.

M. le président : Défendez-vous, mais *ne diffamez pas.*

Le prévenu : Je n'ai qu'un mot à dire, et il s'adressera à mon épouse... Madame, pourquoi avez-vous changé votre coiffeur ?

M⁰ Brûlé : Parce qu'il me coiffait mal.

Le prévenu : Voilà le prétexte; je vais vous

dire la réalité, Messieurs : ma femme a changé son coiffeur pour en prendre un autre ; au premier abord, ça a l'air tout simple ; eh bien ! pas du tout, cela renferme tout un mystère d'immoralité.

M. le président : Voyons, voulez-vous faire entendre que votre femme entretient des relations coupables avec son coiffeur ?

Le prévenu : Vous avez dit le mot.

M. le président : C'est de la diffamation, et je dois vous empêcher d'aller plus loin.

Le prévenu, exaspéré : Je l'ai vu, là ! je l'ai vu !... Car c'est ennuyeux, à la fin.

M. le président : Il fallait faire constater le flagrant délit par des témoins.

Le prévenu : Est-ce que je m'attendais à ça, moi, pour prendre des témoins ! J'ai vu la chose en montant chercher mon mouchoir. Ma femme et son complice me croyaient bien tranquillement à casser du sucre sur une table de mon café que je tiens sur le boulevard.

M. le président : Rien ne peut vous justifier de votre conduite brutale.

Le prévenu : Oh ! mon Dieu ! mon Dieu ! Et dire encore que c'est moi qui payerai les pots cassés ! Eh bien ! je m'inscris en adultère.

M. le président : Ce n'est pas le moment, et le tribunal ne peut pas statuer sur une demande dont il n'est pas légalement saisi.

Le prévenu : Alors je ne dis plus rien. Faites de moi tout ce que vous voudrez. Tout mon chagrin est que vous ne puissiez pas me condamner à mort. La vie me dégoûte. Je ferai un malheur sur moi-même. Eh bien ! non, là, ce serait trop

bête et ils seraient trop contens. Je vivrai le plus
éternellement que je pourrai, pour faire enrager
la coupable... Oh! mais! oh! mais! c'est que...

M. Brûlé est interrompu dans son improvi-
sation furibonde par le prononcé du jugement
qui le condamne à huit jours d'emprisonnement
et 100 fr. d'amende.

UN TIGRE SOUS LA FORME D'UN HOMME.

Un jeune homme qui jouit d'une fortune assez
considérable, Julien Larochette, arrive un jour
à Saint-Sorlin (Saône-et-Loire), et se rend
chez sa sœur, qui avait auprès d'elle sa fille et
une autre jeune personne dont les parens habitent
Paris.

Celui-ci avait l'air sombre et farouche. « Il va
« y avoir un grand malheur dans la famille! »
répond-il aux questions bienveillantes qui lui sont
adressées. Sa sœur et ses nièces, supposant que
c'est la santé depuis longtemps altérée de leur
parent qui lui inspire ces tristes pensées, cher-
chent à ramener le calme dans son esprit; elles
le prient instamment de prendre part au déjeuner, et s'efforcent de changer le cours des idées
noires qui l'obsèdent. « Il va y avoir un grand
« malheur dans la famille! » répète-t-il encore
et à plusieurs reprises.

Loin de le tranquilliser, les prévenances qui
lui sont prodiguées ne font que l'irriter davantage. Enfin ce malheureux, n'obéissant plus qu'à
un délire furieux, met précipitamment la main
dans sa poche, jette son portefeuille, ouvre un

couteau-poignard, et le plonge deux fois dans la partie droite du cou de sa sœur. Alors sa rage n'a plus de bornes ; malgré les cris, les larmes, les supplications, les étreintes des deux jeunes personnes, il frappe de nouveau sa victime. Ses coups se dirigent ensuite sur sa nièce, qui tombe bientôt privée de sentiment.

Le voilà maintenant en présence de l'autre jeune fille, qui lutte courageusement pour préserver sa mère et sa cousine. Mais que peuvent ses faibles mains, déjà sillonnées de blessures, contre la fureur toujours croissante de ce monstre ? Elle est frappée à son tour de plusieurs coups de poignard.

Cependant les deux premières victimes parviennent à fuir. L'une n'a que le temps de traverser la route et d'entrer chez des voisins accourus à ses cris. Le meurtrier arrive, la porte se referme ; il y enfonce son arme, comme pour se venger de ce qu'elle lui dérobe sa victime.

On croit peut-être que cette boucherie horrible a dû assouvir sa cruauté. Eh bien ! non ! il aperçoit sa nièce qui, moins bien inspirée que sa mère, a pris un sentier dans les vignes ; il s'élance à sa poursuite, l'atteint, et bientôt la jeune fille tombe sans mouvement et criblée de blessures.

Larochette traverse le village, monte au hameau qu'habite la belle-mère de sa sœur ; mais la domestique, effrayée à la vue de cet homme en désordre et couvert de sang, refuse de lui ouvrir la porte.

On l'interroge par la fenêtre. « Un grand malheur vient d'arriver dans la famille ! » répond-

il, et il's'éloigne dans la direction de la côte. Là,
deux jeunes filles gardaient leurs vaches. Il commençait à pleuvoir. Larochette prend leur parapluie, en disant : « Il faut que j'aille recher-
« cher ma bourse et mon portefeuille. » Cependant quelques hommes se mettent à sa poursuite
et le suivent longtemps de près, attendant une
occasion favorable de s'en emparer sans s'ex-
poser à une mort trop certaine.

Ils arrivent ainsi près de l'embranchement
d'une route « Malheureux! lui criait-on, après
« l'action que tu viens de commettre, tu n'as
« plus qu'une chose à faire : coupe-toi la gorge,
« s'il te reste un peu de cœur. » Enfin, craignant
de le voir s'échapper, on se décide à l'attaquer :
une pierre l'atteint à la tête et l'étourdit; on se
jette sur lui; il est garrotté, puis placé sur sa
propre voiture, restée au village; on le dirige
sur Mâcon, et on le remet à la gendarmerie qui
arrive un instant après.

On ne peut s'empêcher de frémir en retraçant
ces scènes affreuses, qui ne s'expliquent que par
un accès de folie. Mais l'indignation est à son
comble, quand on pense qu'il se trouvait là un
domestique occupé à tailler des échalas, et qui
avait une serpe à la main. Un mot, une menace,
un geste de sa part, aurait peut-être sauvé les
deux jeunes filles.

Cet homme a pris la fuite, sous prétexte d'aller
prévenir le maire. On ne saurait trop flétrir une
telle conduite.

M. le maire était absent; mais son fils se rendit
en toute hâte dans la maison où gisait presque
inanimée l'une des deux jeunes personnes, et, un

instant après, les trois victimes étaient l'objet des soins les plus empressés.

On raconte de diverses manières comment Larochette a pu être poussé à ces sanglans excès. L'altération de santé, l'emploi de remèdes violens, la perte d'une somme d'argent dans une faillite, et un projet de mariage qui aurait rencontré des obstacles, avaient, dit-on, exercé une grande influence sur son caractère naturellement morose.

LA SOIF DU SANG.

Aignan Vigreux, charretier dans la commune de Saint-Laurent-des-Eaux (Loir-et-Cher), marié depuis plusieurs années avec la nommée Louise Maison, avait toujours exercé sur elle de mauvais traitemens. Depuis deux ans, les violences devenaient plus graves : maintes fois des voisins lui avaient fait des reproches, mais leur intervention était toujours pour la malheureuse femme le motif de nouvelles brutalités qu'il exerçait sur elle la plupart du temps pendant la nuit. Son mari l'épouvantait, elle avait plusieurs fois manifesté à sa mère la crainte de mourir sa victime. Cependant elle n'avait jamais osé se plaindre, dans l'intérêt de ses enfans ; et, malgré l'indignation générale, Vigreux n'avait jamais été dénoncé. D'un caractère haineux et méchant, cet homme inspirait une terreur que sa force peu commune augmentait encore.

Uu jour, sur les six heures du soir, les cris : *Il me tue ! il me tue !* poussés par la femme

Vigreux, répandent l'alarme, et les voisins accourus à ce bruit voient cette malheureuse s'élancer hors de la maison, emportant un jeune enfant. Son mari était sorti sur ses pas et s'efforçait de la faire rentrer. Ne pouvant y parvenir, il lui avait arraché son enfant, lorsqu'arrivent les époux Héraut, propriétaires du voisinage, attirés par les cris de détresse qu'ils avaient entendus. « Tu veux donc aussi tuer ton enfant ? » dit la femme Héraut à Vigreux. En même temps elle le reprend des bras de cet individu pour le rendre à sa mère qui, pendant cette scène, poussait des cris de terreur. « Scélérat ! tu veux donc absolument tuer ta femme ? dit Héraut, ému de ce spectacle ; mais tu ne la tueras pas, car je vais l'emmener chez moi. — Est-ce pour tout de bon ? répond froidement Vigreux. — Oui, puisque tu veux la tuer, je l'emmène chez moi. » Héraut se disposait à se retirer, lorsqu'il aperçoit Vigreux, rentré un instant auparavant dans la maison, revenir sur sa porte, armé d'un fusil, puis diriger sur lui le canon de cette arme. Héraut se baisse alors vivement, mais en même temps il se sent frappé à l'épaule de deux balles. Un second coup de fusil part, et la femme Vigreux, qui s'enfuit épouvantée avec son enfant, tombe frappée à mort par son mari. Deux balles lui avaient traversé le cœur. Cette malheureuse était enceinte de six mois.

Cette scène atroce avait eu lieu en présence de plusieurs voisins, et cependant personne n'ose approcher du meurtrier, tant est profonde la crainte qu'il inspire. Chacun rentre terrifié dans sa maison ; car, après ce double crime, Vigreux avait proféré des menaces de mort contre diverses personnes, et notamment contre le maire de la commune, qu'il haïssait depuis longtemps parce que celui-ci lui avait refusé un certificat nécessaire pour obtenir un permis de port d'armes.

Aignan Vigreux trouve donc le temps de se retirer, armé de son fusil, sans rencontrer aucun obstacle ; mais peu après son départ, les cris *Au feu !* se font entendre. Ce furieux avait porté l'incendie dans son habitation avant de fuir. Le feu, heureusement peu intense lorsqu'on l'aperçut, fut bientôt éteint.

Une demi-heure était à peine écoulée, lorsque deux pêcheurs rencontrèrent, à un kilomètre environ du bourg, un homme en chemise se jetant dans un endroit profond de la petite rivière de Lismes ; mais presqu'aussitôt il était sorti de l'eau, et on l'avait bientôt perdu de vue. C'était Aignan Vigreux. Deux coups de fusil entendus au bout de quelques minutes dans les bois firent penser à un suicide.

Toutefois les habitans de Saint-Laurent-des-Faux passèrent la nuit, dans la crainte de voir à chaque instant revenir le brigand, qu'ils croyaient capable d'exécuter ses menaces. Quelques habitans à peine osaient sortir, et il eût été impossible de réunir la garde nationale pour faire des battues et opérer la recherche de l'assassin. Quatre hommes de la gendarmerie de Saint-Dié, arrivés sur les onze heures du soir, ont seuls veillé dans les environs.

La justice se transporta immédiatement sur les lieux, et au moment où les magistrats procédaient à l'instruction, une détonation d'arme à feu, accompagnée d'une forte odeur de poudre, partit d'une grange de l'habitation de Vigreux. Il venait de se donner la mort. La grange, fermée à clef du dehors, n'avait pas attiré l'attention, et personne ne pouvait s'expliquer sa présence dans cet endroit ; mais on découvrit bientôt, dans une écurie située derrière les bâtimens et contiguë à cette grange, un trou pratiqué dans le mur et caché par de la paille. Ce trou avait servi de passage au criminel, qui, profitant de l'abandon dans lequel s'étaient trouvés momentanément les alentours de son habitation, était parvenu à y pénétrer sans être vu, alors qu'on le croyait éloigné. Il s'était caché au fond d'une large cuve couverte de linge, et c'est là qu'il s'est donné la mort, pour échapper à la justice des hommes. On n'a retrouvé qu'un cadavre horriblement mutilé.

LE VOLEUR ET LA BOURSE DE CUIR.

Un joyeux postillon de la poste aux chevaux d'Evreux regagnait, vers une heure du matin, sa station, après s'être mis au dernier cabaret dans les plus riantes dispositions. Il faisait un clair de lune magnifique, et le postillon chantait à pleine voix la romance de son confrère de Lonjumeau, sans trop prendre garde à ce qui se passait à ses pieds, quand ses chevaux s'arrêtèrent tout à coup, et un Monsieur s'avança d'une manière fort polie, s'enquérant de l'heure qu'il pouvait être. Le postillon comprit trop bien ce que désirait le voyageur, aussi se mit-il à lui avouer avec les plus humbles protestations qu'il avait oublié sa montre à son hôtel, sans quoi, à la vue de certain instrument que faisait reluire au clair de la lune son interlocuteur, il se serait empressé de répondre à sa demande. «Bien vrai, vous n'avez pas de montre? — Pas apparence, Monseigneur. — Descendez un peu, que je m'en assure. — Le postillon mit pied à terre; l'inconnu s'assura qu'il avait dit vrai, puis il reprit: « Mais vous avez de l'argent, au moins? — Bien peu!... — Voyons toujours. »

Le postillon s'empresse de présenter sa bourse en cuir. « Elle est bien légère, dit le voyageur; vous n'avez que cela? — Pas un centime de plus! répondit le pauvre diable, qui tremblait de tous ses membres. — Allons, c'est bien, merci, remontez en selle. « Notre homme ne se le fit pas dire deux fois, trop heureux d'en être quitte pour 9 fr. 5o c. Le voleur lui présenta l'étrier, le salua avec infiniment de courtoisie, et s'éloigna de quelques pas, puis revint tout à coup, et lui cria d'arrêter: « Pardon, mon ami, lui dit-il, j'oubliais de vous rendre votre bourse; j'accepte votre argent, mais rien de plus »; et il remit au postillon le petit sac à coulisse dont il avait extrait le modeste contenu.

***

LES BONNES A TOUT FAIRE.

Un habitant de Belleville, âgé de soixante-treize ans, retirait chaque soir du gousset de son pantalon un petit paquet soigneusement cacheté qu'il renfermait dans un tiroir de son secrétaire, dont il plaçait ensuite la clef sous son traversin.

ire .l.'un jour dîner à Paris, et, de retour à sa campagne, il avait tellement hâte de se mettre au lit, qu'il négligea sa précaution habituelle.

Rosalie, sa jeune domestique, qui lui servait de cuisinière et même de valet de chambre, en procédant chaque soir à la toilette de nuit de son maître, avait éprouvé la curiosité de connaître ce que renfermait le paquet mystérieux, et crut l'occasion favorable pour la satisfaire. Elle s'empara donc du paquet, se renferma dans sa chambre, brisa les cachets, et rompit la triple enveloppe; 42 billets de banque de 1,000 fr. apparurent alors à ses yeux surpris.

Sans hésiter, elle s'appropria cette somme, fit un paquet de ses effets les plus indispensables, quitta la maison de son maître, et alla trouver un ex-sous-officier de cavalerie avec qui elle entretenait de coupables relations. La nuit même, ils quittèrent Paris, et se retirèrent à Vaugirard.

Mais, sur la déclaration du maître, la police procéda à des recherches, et finit par arrêter Rosalie et son complice. Ils avaient encore en leur possession 36,500 fr.; ils avaient employé le reste en achats d'objets de toilette, de bijoux, de cadeaux et en parties de plaisir.

Venue à Paris pour y exercer les fonctions multiples et pénibles d'une bonne à tout faire, Emma, petite Champenoise de dix-huit ans, n'apprit pas seulement à faire la cuisine, soigner les enfans, frotter, raccommoder du linge, savonner, etc., elle apprit aussi ce que personne ne lui avait enseigné ni en Champagne ni à Paris;

elle apprit à tromper tout le monde, n.   i-
tresse, portier, porteur d'eau, épicier, boucher,
fruitière, et une demi-douzaine de jeunes gens
qui avaient recherché ses bonnes grâces.

Ces escroqueries multipliées finirent par la
faire comparaître en police correctionnelle, sous
le poids de si nombreuses préventions qu'on se
demande comment, pendant si longtemps, elle
a pu mener une barque si agitée sans se briser
contre les écueils.

Pour faire venir une cousine du pays, disait-
elle, elle empruntait à son maître une somme,
avec prière de n'en pas parler à Madame; à Madame, elle demandait la même somme, avec
prière de le taire à Monsieur; de la portière, elle
obtenait une partie de cette même somme, toujours pour faire venir la cousine, avec prière de
n'en parler ni à Monsieur ni à Madame.

Bientôt, à son dire, sa mère tomba malade,
et ce fut alors au tour des fournisseurs à financer.
Elle pleurait en racontant qu'elle ne pouvait en-
voyer la moindre douceur à sa vieille mère malade. L'épicier donna du sucre, du chocolat, un
pot de miel. Le beurre était mauvais en Champagne : la fruitière en donna un pot de vrai Isigny.
On n'osa pas demander au boucher un gigot pour
la malade, mais on reçut de l'argent.

Rien n'y fit; malgré les douceurs, la malade
mourut, et c'est la douleur au cœur, les larmes
dans les yeux, qu'Emma annonça la triste nouvelle successivement à ses cinq soupirans. Son
plus grand regret, disait-elle à chacun d'eux,
était de ne pouvoir porter le deuil et faire dire des
messes pour honorer la mémoire d'une si bonne

mère. L'un donna un châle noir, l'autre la robe, l'autre le bonnet, celui-ci les accessoires, le dernier les messes ; le tout sans préjudice de ce qu'elle avait reçu d'eux, tel que bagues, boucles d'oreilles, rubans, foulards, etc., en leur promettant à tous ce qu'on ne peut donner qu'à un seul.

Mais un beau jour, voilà qu'on apprend que jamais cousine n'a dû venir à Paris, que jamais mère n'a été malade, par l'excellente raison que la pauvre mère était morte depuis longtemps ; les amans apprennent leur existence mutuelle, et voilà maître et maîtresse, portière et fruitière, épiciers et amans, trompés, dupés, vexés, furieux, et se ruant tous contre la naïve Champenoise, qui, à l'audience, reçut leur bordée comme un héros de Mazagran.

Sans sourciller, elle s'est entendue condamner à six mois de prison.

LES SUITES D'UNE MAUVAISE FRÉQUENTATION.

Un duel sans témoins, dans lequel l'un des adversaires fut grièvement blessé, amena devant la Cour d'assises de la Seine le nommé Charles-Edouard Déremez, commis de librairie, âgé de vingt-cinq ans, sous l'accusation d'assassinat.

Déremez ne jouissait point d'antécédens favorables. Après avoir mené une vie dissipée à Lyon, où sa famille occupait une position honorable, il vint à Paris, où, se trouvant bientôt réduit à un dénûment absolu, il eut recours à un bureau de placement. On lui offrit une place de domestique chez un libraire des Batignolles, moyennant 100 fr.

de gages par an, plus le logemeut et la nourriture.
Il l'accepta. Cependant.le maître ne tarda pas à s'apercevoir que Déremez était, par son intelligence
et son instruction, supérieur à cet emploi ; il en fit
dès lors son commis, aux appointemens de 120 fr.
par mois, avec prime sur les abonnemens. Malgré
cette position avantageuse, Déremez contracta de
nouvelles dettes ; infidèle dans ses comptes, il
vendit des volumes à son profit et s'appropria une
partie des recettes de la maison. Eclairé enfin sur
les dilapidations de son commis, le libraire se vit
contraint de l'expulser.

Déremez avait rencontré aux Batignolles un de
ses anciens camarades d'école, Bernascon, peintre en bâtimens, ouvrier laborieux et estimé. En
peu de temps il prit sur ce jeune homme un tel
empire, qu'il l'entraîna à dissiper avec lui toutes
ses économies et en fit le compagnon de ses débauches. Mais bientôt abusé lui-même et devenu
complice involontaire d'une escroquerie, Bernascon, indigné, rompit brusquement toutes relations avec son faux ami, et, après avoir fait connaître ses manœuvres et livré aux personnes
trompées des renseignemens sur la famille de
Déremez, il quitta les Batignolles et rentra dans
Paris. Instruit de ces révélations, Déremez furieux se met à la poursuite de Bernascon ; il découvre enfin son domicile. Aussitôt il se rend
chez lui, l'accable d'outrages, le frappe, lui reproche d'être l'artisan de sa perte, et, le saisissant à la gorge, menace à plusieurs reprises de
l'étrangler. Bernascon, physiquement incapable
de résister à ces violences, ne put s'y soustraire
qu'en acceptant un combat singulier. En consé-

quence, ils se dirigent ensemble vers le quai de la Mégisserie, où Déremez achète un seul pistolet, et de là aux Batignolles, où il se procure de la poudre et des balles. Chemin faisant, Déremez, avant de charger le pistolet, mit une balle dans sa bouche et la mâcha. Bernascon lui reprocha cette précaution cruelle ; mais Déremez se contenta de lui répondre, en continuant de l'injurier, qu'il fallait que l'un des deux restât sur la place. Avant de se rendre sur le terrain, l'un et l'autre firent un écrit conçu en ces termes : « Je déclare m'être donné la mort par ennui et dégoût de la vie. J'écris ceci pour qu'on n'ignore pas que c'est un acte de désespoir et afin qu'on n'accuse personne. »

Arrivés à Clichy, ils s'arrêtèrent derrière le mur du cimetière, non loin du chemin de la Révolte, et là, sans témoins, n'ayant qu'un seul pistolet, ils convinrent de tirer à douze pas. L'accusation dit qu'ils tirèrent au sort pour savoir qui ferait feu le premier ; mais ce fait est énergiquement démenti par Bernascon. Toujours est-il que Déremez, qui ne s'était pas dessaisi un seul instant du pistolet, fit feu sur son adversaire, qui eut la poitrine traversée par la balle. En le voyant tomber, Déremez manifesta sur-le-champ de vifs regrets ; un passant, qu'il appela à son secours, l'aida à transporter le blessé dans une maison voisine, où les premiers soins lui furent administrés. Les symptômes étaient graves : la balle, entrée à la base du sternum, était sortie sous l'aisselle gauche. Cependant, grâce à la force de sa constitution, Bernascon était au bout d'un mois en voie de guérison.

Tels sont les faits à raison desquels Déremez fut traduit devant la Cour d'assises comme accusé, 1° d'avoir soustrait et détourné des fonds qui lui avaient été confiés à titre de mandat; 2° d'avoir commis une tentative d'assassinat sur la personne de Bernascon.

Interrogé par M. le président, l'accusé soutient que les injures, les violences et la provocation qui a suivi, ont été réciproques; qu'elles ont eu pour cause unique la jalousie de Bernascon, dont la maîtresse avait été précédemment la sienne, et qui craignait de le voir renouer avec elle ses anciennes relations; enfin il affirme que c'est Bernascon seul qui a refusé toute assistance de témoins.

Bernascon, appelé comme témoin dans la cause, s'avance péniblement devant la Cour, et dépose d'une voix altérée. Son témoignage contredit les explications données par Déremez, et confirme les charges de l'accusation, mais en les aggravant sur un point capital : Bernascon déclare en effet que jusqu'au dernier moment il n'a pas cru sérieusement à un duel, et qu'il a interprété la conduite de Déremez par cette supposition, que celui-ci s'imaginant qu'il avait reçu de l'argent, voulait le forcer par la peur à lui en donner; il ajoute enfin qu'ils n'ont pas tiré au sort pour savoir qui ferait feu le premier; mais que, s'étant baissé pour mesurer le terrain avec un mètre, le coup de pistolet est parti, et la balle l'a frappé au moment où il se relevait. Vivement pressé de questions par M. le président, et contredit par l'accusé, dont l'anxiété est visible, Bernascon persiste avec énergie dans sa déclaration.

L'audition des autres témoins ne fait que corroborer les charges de l'accusation, et l'accusé, déclaré coupable sur le chef de tentative d'assassinat, mais avec circonstances atténuantes, est condamné à huit années de réclusion, sans exposition.

LE SORCIER DES ANTILLES.

Jean-Louis-Jacques, âgé de cinquante-cinq ans, ancien tailleur d'habits, né à la Trinidad (une des Antilles anglaises), est venu exercer à Marseille le métier de devin. A Memphis, sous les Pharaons, il aurait eu son logement dans le palais des rois; à Marseille, il se vit réduit à abriter sa science et sa puissance sous le toit d'un grenier de la rue de la Juiverie. Sa réputation ne tarda pas à envahir les vieux quartiers de cette ville. Une somme de 600 fr. avait été volée à Anne Gazano, cabaretière, rue Robe-Verte (encore un nom de rue assez cabalistique), elle fit appeler le nécromant Louis-Jacques; celui-ci arriva, muni de plusieurs paquets de cartes, et après les avoir battues et étudiées, il dit : « Vous aurez les 600 fr., mais j'ai une bien autre nouvelle à vous donner; là-bas, sous le plancher du magasin, il y a un trésor de 600,000 fr. qu'un prêtre et un grand écrivain marseillais ont caché pendant la république. Ce mot de *trésor* jeta un éblouissement dans les yeux d'Anne Gazano. Le sorcier demanda une somme de 30 fr. pour faire les conjurations nécessaires, et un ami de la cabaretière, nommé Carlo, élevé par ses parens dans la vénération de Dieu ou plutôt du diable, fournit ces 3o fr.

Le sorcier revint, et demanda un cœur de mouton, des épingles et des clous ; quand il eut ces objets, il enfonça les épingles et les clous dans le cœur de mouton, et le fit cuire à petit feu ; puis il l'enveloppa dans du papier, et partit sans mot dire, d'un air grave et préoccupé ; une terreur superstitieuse l'entourait. Quelques jours après, il exigea une nouvelle somme de 3o fr., pour aller se livrer en rase campagne à ses exercices diaboliques. Cette somme lui fut encore fournie par le confiant Carlo. A son retour, Louis-Jacques demanda une bouteille de vinaigre, et, suivi de ses deux dupes, il se rendit au magasin d'Anne Gazano, frappa du pied, et dit : « Le trésor y est » ; puis il fit brûler des aromates, jeta du sel dans le feu, se mit à genoux, fit de nombreux signes de croix, et prononça des mots inintelligibles. Anne et Carlo se serraient, épouvantés, l'un contre l'autre. Le pétillement du sel les effrayait beaucoup. Le sorcier s'interrompit au milieu de ses conjurations, pour engager la femme Gazano à aller lui faire rôtir quelques côtelettes et lui quérir un peu d'eau bénite. Celle-ci s'empressa d'aller puiser l'eau demandée dans le bénitier d'une église voisine et de l'apporter au magicien, qui la répandit à terre, fit plusieurs soubresauts, et invita les deux assistans à répéter trois fois : « Mon Dieu, bonne mère, que les 6oo fr. qu'on a volés à cette femme descendent sur cette table ! » Anne et Carlo regardèrent en l'air, pour voir le sillon lumineux que la somme attendue devait tracer dans l'espace ; mais rien ne parut. Le sorcier leur reprocha leur peu de foi, se retira et ne reparut plus.

Une nommée Appollonie, servante à Marseille, a également été la victime des escroqueries de ce sorcier. Il se rendit dans la maison où servait cette fille, pour y faire le grand jeu de cartes en présence d'une réunion de dames. Appollonie prit à part l'Espagnol, et lui demanda de vouloir bien lui dire si elle se marierait; celui-ci lui répondit qu'il lui promettait de lever tous les obstacles pour la modique somme de 10 fr. Quand il eut reçu cette somme, il écrivit des caractères fantastiques sur un morceau de papier, et le remit à la crédule servante. Quelques jours après, le sorcier revint, et dit à la servante que le sang d'une poule hâterait son hymen. Une poule fut remise à Jacques, qui l'emporta avec un parapluie destiné à jouer un grand rôle dans ses entrevues avec l'esprit de l'abîme; mais le sorcier ne revint pas.

Le propriétaire de l'hôtel où Louis-Jacques était logé a fait des révélations curieuses : il a assuré que des dames fort bien vêtues venaient fréquemment consulter le devin dans son bouge. Un jour il vit arriver chez cet Espagnol une jeune et jolie femme en élégant costume, laquelle cherchait à cacher son visage à l'aide d'un voile; une servante l'accompagnait. Cette femme, l'apercevant sur le pallier de la chambre du sorcier, lui dit en baissant les yeux et d'une voix entrecoupée : « Monsieur, il doit me faire voir des esprits aujourd'hui; j'ai grand'peur, pourriez-vous être assez bon pour rester près de la porte? je serais un peu plus rassurée. » Le propriétaire, qui n'était pas sans croire un peu à la science du devin, consentit à rendre ce service à la tremblante inconnue. Ce jour-là, il y eut le grand jeu, mais les esprits ne parurent pas. Deux jours s'écoulèrent, et la même dame revint pour réclamer une bague de grand prix que le sorcier lui avait demandée pour la placer quelques momens sur la pierre sacrée de l'autel de la Vierge-de-la-Garde, mais Louis-Jacques répondit qu'il l'avait perdue dans le port.

La police, à laquelle on est enfin allé se plaindre, a arrêté ce devin, qui a été confronté avec ses dupes. Il n'a presque rien nié, mais il a paru surpris qu'on voulût l'empêcher d'exercer une profession aussi ancienne et aussi honorable que celle qu'il a embrassée par l'effet d'une volonté irrésistible. Quand on lui a demandé sa profession, il a répondu : « Devin. » Mais le tribunal, ne reconnaissant pas cette profession, l'a condamné à plusieurs mois de prison.

CATASTROPHES DE DEUX MARAUDEURS.

Un marchand brocanteur, qui était parti de grand matin pour faire une tournée, rencontra sur le bord du chemin de la Poissonnière, à trois cents mètres environ de la route de Saint-Ouen, près Paris, un individu étendu à terre dans une mare de sang et horriblement défiguré. Il respirait encore, et, sur la question que lui adressa le brocanteur, il prétendit qu'il avait voulu se suicider. Mais tout, au contraire, annonçait qu'il venait de soutenir une lutte : le terrain était piétiné, et on voyait répandues sur le sol une grande quantité d'asperges qui paraissaient avoir été l'objet de la querelle. Sans entrer dans plus d'explications, le brocanteur courut chercher du secours et prévenir l'autorité; mais un personnage intéressé dans cette affaire l'avait déjà devancé près d'elle. Voici les faits qui sont résultés de l'enquête :

Le blessé est un nommé Poinsignon, charpentier de son état, et qui, par inclination, se livrait souvent à la maraude. Poinsignon allait la nuit cueillir des asperges dans un champ appartenant au sieur Martin, propriétaire à Saint-Ouen. Celui-ci, auquel il portait un grand préjudice, se mit en embuscade, et dès qu'il aperçut le maraudeur en train d'exploiter ses plants, il s'avança vers lui, et, le couchant en joue avec son fusil, il lui intima l'ordre de le suivre chez le maire; mais, au lieu d'obéir, Poinsignon prit une attitude menaçante, et il s'avança vers le propriétaire, armé d'un long couteau dont il se servait pour couper les asperges.

M. Martin lâcha la détente de son fusil, mais l'amorce seule partit; le maraudeur alors s'élança vers lui et saisit le fusil par la baïonnette dont il était armé, qui finit bientôt par se tordre dans cette lutte entre deux hommes vigoureux. Poinsignon alors reprit son couteau, dont il paraissait décidé à faire usage, mais au même moment son adversaire lui asséna sur la tête un coup de crosse qui l'étendit à terre. Il resta sans mouvement, et M. Martin crut l'avoir tué, car le chien du fusil lui avait fait une blessure horrible au visage; le nez était enlevé, et le sang s'échappait en abondance.

C'est dans ce moment qu'il courut chez le maire pour l'avertir de ce qui s'était passé.

Poinsignon a été transporté à l'hospice Saint-Louis, où il est mort au bout de quelques heures.

M. Cat..., demeurant à Passy, où il possède une habitation assez considérable et un très-beau jardin, a l'habitude de faire chaque soir, avant de se coucher, une ronde dans sa propriété. Un soir, vers dix heures, il parcourait donc les allées de son jardin, lorsqu'il crut apercevoir quelqu'un se glissant le long des espaliers : *Qui vive?* » crie M. Cat... On ne répond pas, mais le corps semble se mouvoir avec plus de vitesse.

Le propriétaire, qui était armé de son fusil, se dirigea alors vers ce point ; pendant qu'il marchait, il entendit un certain bruit qui lui parut être produit par des branches garnies de feuilles et fortement agitées, puis le bruit cessa, et, malgré les plus minutieuses recherches, M. Cat... ne vit et n'entendit plus rien.

Une heure après, il était dans sa chambre à coucher, dont il avait laissé la fenêtre ouverte, lorsque de sourds gémissemens arrivèrent jusqu'à lui. Il écoute, croit reconnaître que ce nouveau bruit part de son jardin. Il y descend de nouveau, et, guidé par les gémissemens, il arrive à un immense tonneau enfoncé dans la terre et aux deux tiers rempli d'eau.

Un couvercle à charnières adapté à ce tonneau, le fermait hermétiquement ; il n'y avait point de cadenas, mais le piton destiné au cadenas était entré dans sa gachette ; que l'on juge de la surprise et de la sorte d'effroi que dut éprouver l'honorable propriétaire, lorsqu'il reconnut que les cris humains qu'il entendait partaient de ce tonneau ! Enfin il lève le couvercle, non sans hésitation, et aussitôt un jeune homme de quinze à seize ans s'élance de cette singulière retraite, mouillé jusqu'aux aisselles, transi et à demi-suffoqué. N'en pouvant tirer une parole, M. Cat... le saisit au collet pour l'entraîner. Alors le maraudeur, pris au trébuchet, avoue qu'il a escaladé le mur dans l'intention de pénétrer dans un petit pavillon où il espérait faire quelque butin. Surpris dans son expédition, effrayé du *qui vive ?* il avait cherché à se cacher et s'était blotti dans le tonneau ; mais presque aussitôt le couvercle était tombé, et ses efforts pour sortir de prison avaient été vains. Conduit devant l'autorité locale, cet individu a renouvelé ses aveux, et le lendemain il était écroué à la préfecture de police, sous la prévention de tentative de vol à l'aide d'escalade.

A la garde ! OU LE DANGER D'ÊTRE JEUNE ET JOLIE.

Une jeune femme de vingt-deux ou vingt-trois ans, vivement pourchassée par un homme d'assez mauvaise allure, traversait, vers sept heure du soir, d'un pas précipité, la place de l'Hôtel-de-Ville de Paris. Tout à coup, vers le milieu de la place, déserte en ce moment, elle se met à crier : *A la garde !* Un grenadier d'une compagnie de la 10ᵉ légion, entendant le cri de cette jeune femme et remarquant que l'individu me-

naçait de la frapper, abandonna sa faction, s'é-
lança vers elle, qui de son côté se précipita dans
ses bras : « Sauvez-moi, Monsieur, lui dit-elle,
de l'audace de cet homme.... il m'obsède. » Le
grenadier la prend sous sa protection et la mène
vers la guérite.

L'audacieux inconnu les suit en réclamant *sa
femme;* mais à chaque pas qu'il fait pour s'approcher d'elle, le grenadier lui présente énergiquement la pointe de sa baïonnette et le somme
de se retirer. Pendant cette lutte, la jeune femme
trouva un refuge dans la guérite même, où elle
resta quelques minutes sous la protection du grenadier. Le factionnaire placé à la porte du poste,
s'étant aperçu de l'embarras de son camarade,
appela un caporal, qui sortit à l'instant même
avec deux autres grenadiers : ils vont à la guérite
du deuxième factionnaire, et offrent à la dame
un asile plus sûr dans le poste même. L'individu,
qui s'était placé en observation, voyant que sa
proie lui échappait et que la garde allait se mettre
à sa poursuite, prit la fuite après avoir jeté un
mouchoir encadré de vignettes bleues. Ce mouchoir fut présenté à la jeune femme, qui le reconnut pour lui appartenir.

Interrogée sur les causes de cette aventure,
M⁻ X... raconta qu'ayant été rencontrée par ce
jeune audacieux, il l'avait abordée en lui disant
qu'il était lié avec son mari, qu'il paraissait en
effet connaître; qu'ainsi la conversation s'étant
imprudemment engagée, il ne lui avait plus été
possible de se débarrasser de ses importunités;
qu'au contraire il devenait de plus en plus entre-
prenant, lorsqu'enfin un de ses gestes l'avait for-

cée de crier *à la garde !* et de se mettre sous sa protection. Ce récit de Mme X... fut accueilli avec intérêt par tous les grenadiers composant le poste de l'Hôtel-de-Ville.

Après que Mme X... fut remise de son émotion, elle prit congé des grenadiers, accompagnée de deux de ces Messieurs, qui la reconduisirent jusque chez son mari.

CRIMES ET CHATIMENT ATROCES.

Joseph, nègre fugitif de l'habitation de M. Voorhees, à la Nouvelle-Orléans, et le nommé Enoch, autre nègre marron, se présentèrent un jour dans l'habitation de M. Harrington, qui s'y trouvait avec sa femme et sa fille. Ils étaient guidés par une mulâtresse nommée Marguerite.

M. Harrington, à la vue de ces noirs et des armes qu'ils dirigeaient sur lui, ne douta point qu'ils ne vinssent pour l'assassiner. Il tira à bout portant un pistolet sur la poitrine d'Enoch ; la capsule prit feu, le coup ne partit point. Le malheureux propriétaire fut aussitôt tué par Joseph d'un coup de carabine. Sa fille, qui était accourue pour le défendre, fut blessée. Les nègres entraînèrent alors dans le bois Mme et Mlle Harrington, et les abandonnèrent, après s'être portés envers elles aux plus affreux excès. Ils les auraient assassinées, sans les instances de la mulâtresse.

Ces brigands parcoururent ensuite les environs : ils assassinèrent M. Tood et un autre planteur, et emmenèrent leurs femmes prisonnières.

4

La nouvelle de ces brigandages s'étant répandue, les miliciens du pays prirent les armes et firent une battue dans les bois. Ils atteignirent en effet les brigands. Une lutte furieuse s'engagea. Enoch s'échappa, quoique blessé d'un coup de carabine; Joseph fut pris, ainsi que la mulâtresse. Marguerite fut envoyée dans la prison de Vidulia; quant à Joseph, on résolut de lui appliquer les formes expéditives dites la *loi du Linch*, et de le brûler vif, sans autre forme de procès.

Ce nègre, à peine âgé de dix-huit ans, fut attaché à un arbre sur le bord du Mississipi, au lieu appelé la ***Pointe de l'Union***. Des fagots furent empilés autour de lui. Pendant ces apprêts, Joseph affectait une complète indifférence. Lorsque le bûcher fut terminé, on lui demanda s'il avait quelques révélations à faire; Joseph affirma qu'il n'avait point d'autre complice qu'Enoch, se recommanda aux prières des assistans et demanda un verre d'eau. Lorsqu'on le lui eut donné, il dit : « Maintenant, je suis prêt à mourir en paix. »

On mit le feu au bûcher. Enveloppé rapidement par les flammes, ce malheureux jeta des cris épouvantables. « Tuez-moi, disait-il, cassez-moi la tête d'un coup de carabine. » Puis, animé d'une force en quelque sorte surnaturelle, il parvint à briser le cadenas de la chaîne qui le liait à l'arbre, et s'élança hors du bûcher. Les hommes armés, qui épiaient tous ses mouvemens, tirèrent sur lui, et le firent tomber mort. Son cadavre fut à l'instant même relevé, et jeté au milieu du brasier. Quelques minutes après, il ne restait plus vestiges de cet homme.

UNE MAUVAISE PLAISANTERIE.

« Monsieur le sergent de ville, j'ai l'honneur de vous saluer. — Passez votre chemin, bourgeois, j'ai pas le temps de vous réciproquer vos politesses. — Pardon, employé incorruptible du gouvernement, c'est d'une affaire de service que j'ai celui d'avoir à vous entretenir. — Parlez, bourgeois, je suis tout oreilles. — Faites-moi le plaisir de m'arrêter, de m'empoigner, et de m'incarcérer immédiatement, à l'instant même. — Mes pouvoirs ne vont pas jusqu'à appréhender un être qui me paraît bien mis et parfaitement innocent. — J'ai besoin d'être arrêté ; j'éprouve le besoin d'être fourré en prison incontinent, n'ayant aucune ressource, aucun moyen d'existence, aucun domicile connu. Bref, ce sont mes affaires, et je vous somme de me mettre dans les fers. — Il faudrait pour cela que vous eussiez commis un délit. — Étant peu fort sur le droit, je vous serais obligé de m'indiquer un léger délit à commettre à l'instant même, tout de suite. — Nous avons le vagabondage, dont vous parliez tout à l'heure ; mais vous avez des hardes et une façon qui n'indiquent pas suffisamment la chose. Nous avons ensuite la mendicité, c'est plus léger, et c'est intéressant. — Va pour la mendicité ! Arrêtez-moi comme mendiant. — Impossible encore ; il nous faut le flagrant délit. — Qu'à cela ne tienne ! Emboîtez le pas, et ça ne sera pas long. »

La scène qu'on vient de lire, et qui pourrait passer pour un conte fait à plaisir, se passait en réalité, il y a quelque temps, à la descente du

Pont-Neuf, entre le sergent de ville de service et un nommé Chérubin, farceur malavisé, qui, dans un *coup de vin*, avait parié avec des amis qu'il se ferait arrêter sur l'heure. Voilà donc notre ivrogne qui, suivi du sergent de ville, entre dans la plus prochaine boutique de boulanger, et implore la charité publique. Le sergent de ville intervient à l'instant même : « Je ne vous avais pas dit d'entrer dans les maisons, dit-il à l'ouvrier ; c'est aggravant, et ça va de six mois à deux ans... Je vous arrête ! »

Qu'importe à Chérubin s'il est arrêté ? il a gagné son pari, et le voilà tout joyeux qui, faisant la nique à ses parieurs, se rend, sans résistance aucune, en compagnie du sergent de ville, chez le commissaire de police.

Le lendemain, Chérubin se réveilla à la Préfecture ; il passa ensuite bien des nuits sans sommeil à la prison de la Force. On ne voulut pas croire à ses explications, et il fut renvoyé devant le tribunal de police correctionnelle, sous la prévention de mendicité dans les maisons.

Aux débats, Chérubin protesta de ses habitudes laborieuses, et soutint qu'il n'avait fait qu'une mauvaise plaisanterie. Il jura ses grands dieux qu'il ne boirait plus.

M. le président lui adressa une paternelle mercuriale, et le tribunal s'empressa d'ordonner sa mise en liberté.

DEUX INTRIGANTES DE PREMIER ORDRE.

Une aventurière dont le nom a déjà occupé en deux occasions une large place dans les annales criminelles, la fille Desjardins, dite comtesse d'Arjuzon, comtesse de Musy, baronne Victoire de Vandeck, etc., a été arrêtée dans une maison de santé des Champs-Elysées, dans les circonstances les plus singulières.

La fille Desjardins, condamnée une première fois par contumace à dix années de réclusion pour supposition d'enfant, puis une seconde fois par contumace également à dix années de la même peine, pour complicité de faux et usage de pièces qu'elle savait fausses, était parvenue à fuir la France et à trouver un refuge passager tour à tour en Italie, en Piémont, en Sardaigne, où, sous les noms de Marie Bernardi, de femme Montier et autres qu'elle se donnait suivant les lieux et les circonstances, elle se rendit coupable de nouveaux méfaits.

Cependant la bande ou plutôt l'association de faussaires dont elle faisait partie avait été obligée, par les recherches de la police et l'active sévérité avec laquelle le parquet poursuivait une instruction, à quitter Paris et bientot la France. Après avoir en peu de temps inondé toutes les places commerciales de l'Europe de fausses traites fabriquées avec une telle habileté que les banquiers hollandais, belges, prussiens, piémontais et jusqu'aux spéculateurs de Constantinople y furent trompés, plusieurs de ces faussaires avaient été mis en jugement et frappés de condamnations par contumace. Ainsi le jeune comte d'Arjuzon avait été condamné à cinq années d'emprisonnement par le même arrêt qui en infligeait dix à la fille Desjardins; un autre individu était poursuivi et condamné; un troisième, arrêté à Constantinople, et dont l'extradition avait été obtenue du gouvernement ottoman, était traduit aux assises des Bouches-du-Rhône. Le comte d'Arjuzon, arrêté lui-même sous un faux nom, était écroué à la Conciergerie, et devait comparaître devant la Cour d'assises de la Seine, sous l'accusation de faux; la fille Desjardins enfin était à son tour arrêtée à Turin; son extradition était consentie sans difficulté, et on l'amenait à Paris de brigade en brigade, lorsque, plus heureuse que ses complices, elle parvint à tromper la surveillance des gendarmes de la résidence de Bourgoin, département de l'Isère, et s'évada sans qu'on pût, malgré les plus actives recherches, retrouver sa trace.

Cette évasion, pratiquée avec habileté, avec audace, et dans des circonstances telles qu'un des gendarmes commis à la surveillance de la prisonnière dut être cassé et traduit en jugement, était d'une grande importance, en ce que la disparition de la fille Desjardins devait naturellement entraver l'action de la justice. Les mesures les plus précises furent en conséquence prescrites pour parvenir à savoir quelle direction la fugitive avait suivie : les préfets des départemens voisins de l'Isère furent avisés, des instructions furent données aux frontières, et le préfet de police, dans la prévision que la fugitive pourrait chercher un asile à Paris, donna les instructions les plus précises pour s'assurer d'elle et la placer sous la main de la justice, si elle osait venir la braver de si près.

Arrivée à Paris depuis quelques jours seulement, sous un déguisement qui la rendait méconnaissable, la fille Desjardins, munie cette fois d'un passeport au nom de madame de Douville, s'était logée dans la maison de santé du docteur Pinel, prétextant une grande faiblesse et des douleurs de poitrine qui l'obligeaient de recourir aux soins du célèbre médecin.

Ainsi que nous le disions en commençant, elle a été arrêtée, et son identité a été constatée, bien que ses cheveux et ses sourcils blonds fussent teints en brun, et qu'elle portât pour coiffure de longues anglaises d'un noir de jais. Un passeport saisi en sa possession, et délivré à Grenoble au nom de Louis Bonjars, commis voyageur de la place de Marseille, devait, suivant ce qu'elle a déclaré, faciliter la fuite du jeune comte d'Arjuzon, si, comme elle l'espérait, elle parvenait à le faire évader de prison avant sa comparution devant les assises.

Une circonstance caractéristique de l'arrestation de la fille Desjardins, est celle-ci : dans la perquisition minutieuse faite parmi ses effets, on avait trouvé une petite lime dont la denture recélait encore quelques parcelles d'argent fraîchement limé. On pensa que cette lime avait pu servir à enlever le chiffre qui se serait trouvé sur des couverts. On interrogea le maître et les gens de la maison, et l'on apprit qu'effectivement, depuis l'arrivée de la prétendue dame de Douville, une soustraction assez importante d'argenterie avait eu lieu. On procéda rapidement à une enquête, et un orfèvre, qui déclarait avoir refusé l'avant-veille d'acheter d'une jeune dame des couverts dont la marque était limée, ayant été mis en présence de la fille Desjardins, la reconnut immédiatement pour être celle qu'il avait signalée dans sa déclaration, et dont le signalement était du reste d'une exactitude précise.

La fille Desjardins a été écrouée et mise à la disposition de l'autorité judiciaire, et l'affaire d'Arjuzon a été renvoyée pour une nouvelle instruction contradictoire avoir lieu contre les deux prévenus, précédemment condamnés ensemble par contumace.

———

La police a fait, il y a quelque temps, une capture d'autant plus importante que la personne arrêtée se trouvait à la tête d'une société d'industriels qui, à l'aide de faux billets de banque de l'russe, a fait de nombreuses dupes en France et dans les pays étrangers.

Une jeune femme d'une grande beauté, remarquable par son élégance, Mme D..., d'origine polonaise, mariée, mais vivant séparément de son mari, avait loué à Passy une maison isolée, où elle recevait la visite de plusieurs étrangers, entre autre d'un sieur R..., avec lequel elle faisait de fréquens voyages en Prusse et en Angleterre. M. le préfet de police, après une enquête sur le compte de cette femme, décerna contre elle un mandat qui fut exécuté à l'improviste et de la manière la plus secrète, tandis qu'au même moment une descente judiciaire et une perquisition avaient lieu au domicile de R..., rue Monsieur-le-Prince, faubourg Saint-Germain.

R..., qui se faisait aussi appeler du nom de la dame polonaise, avait pris la fuite; mais les pièces de conviction, qu'il n'avait pu emporter, et une

volumineuse correspondance, faisaient suffisamment connaître toutes ses manœuvres, et contenaient des indications par suite desquelles il devenait impossible)à ses complices d'échapper. Le
gouvernement prussien et la police anglaise, qui
avaient si utilement eu recours à celle de Paris,
reçurent dès lors des renseignemens dont la pré-
cision permit d'effectuer à Dusseldorf, à Cologne,
à Mayence, à Londres et à Edimbourg, l'arrestation de différens membres de cette association
dont les tentatives, couronnées de succès, avaient
commencé à jeter l'inquiétude et la perturbation
dans les banques.

UN LAIT DE SIX ANS.

Avis aux mères.

En concurrence avec le bureau général des
nourrices, qu'un décret impérial de 1806 a placé
sous la surveillance et l'autorité du préfet de la
Seine et du préfet de police, il s'est établi à Paris
d'autres bureaux de nourrices, œuvres de la spé-
culation privée, sur lesquels l'œil de l'administra-
tion doit constamment rester ouvert. La nécessité
de cette surveillance de chaque instant a été in-
contestablement établie par les faits révélés devant la Cour d'assises de la Seine dans le procès
des nommés Poilroux, Vauthier et femme Lemarié.

La dame Morize était accouchée avant la nourrice à laquelle elle voulait confier son nouveau-
né: le sieur Morize s'adressa donc à la dame
Caron, qui tient un bureau de nourrices rue du

Faubourg Saint-Denis, n° 67, et lui demanda une nourrice ; le nommé Vauthier, meneur de nourrices et de leurs nourrissons, désigna la femme Lemarié qu'il avait amenée de Dampierre (Eure-et-Loir).

L'âge de la femme Lemarié provoqua quelques observations de la part du sieur Morize, que la dame Salgue, sage-femme, s'empressa de rassurer. Néanmoins l'enfant remis à la femme Lemarié mourut au bout de très-peu de temps. L'enquête à laquelle il fut procédé apprit que cette femme, dont le dernier enfant avait six ans, n'avait plus de lait quand elle avait entrepris la nourriture de l'enfant des époux Morize, et qu'elle avait tenté de l'allaiter au biberon avec du lait de vache, mais que cette nourriture artificielle avait causé la mort de l'enfant. En recherchant comment cette femme avait pu être admise comme nourrice dans le bureau de la dame Caron, on fut amené à examiner ses papiers, et on reconnut qu'un certificat, qui avait été délivré à la femme Lemarié par le maire de sa commune lorsqu'elle était venue à Paris pour se louer comme nourrice, avait été falsifié ; qu'en remplissant une lacune laissée par le maire, on avait ajouté à cette pièce cette énonciation mensongère, que le dernier enfant de cette femme était âgé de quinze mois seulement.

L'auteur de cette falsification était le nommé Poilroux, commis de la dame Caron, aujourd'hui accusé de faux en écriture authentique ; le meneur Vauthier et la femme Lemarié étaient accusés de complicité. Poilroux s'est défendu en alléguant qu'il était depuis quatre jours seulement dans les bureaux de la dame Caron, qu'il ignorait les règles administratives relatives aux nourrices, et qu'il avait fait au certificat l'addition incriminée parce qu'un autre commis lui avait dit de la faire.

Vauthier a soutenu qu'il était étranger au faux, et la femme Lemarié, qui ne sait ni lire ni écrire, a dit qu'elle n'avait pu connaître l'altération qu'avait subie son certificat. Le jury a prononcé l'acquittement des trois accusés; mais Vauthier et la femme Lemarié ont été, par suite des réserves du ministère public, traduits en police correctionnelle pour homicide par imprudence.

SUICIDE D'UN VOLEUR ASSASSIN.

M. Ollivry, receveur de l'enregistrement et des domaines à la résidence de la Chapelle-sur-Erdre, avait remarqué l'aptitude au travail d'un jeune manœuvre employé à la construction d'une maison qu'il se proposait d'habiter avec sa jeune épouse. M. et Mme Ollivry, alors sans domestique, résolurent de prendre à leur service le jeune manœuvre, âgé de dix-sept ans et demi, dont la misère et le dénûment leur faisaient peine à voir. Il y avait dans cette résolution de leur part un acte d'humanité.

Mathurin Poisson (c'est son nom) accepta avec reconnaissance et comme un bienfait l'offre de M. Ollivry. Les six premiers mois de sa nouvelle condition, qui améliorait notablement son sort, donnèrent l'espoir à M. et à Mme Ollivry que leur bonne action porterait d'heureux fruits. Malheureusement cet espoir dura peu : Mathurin ne tarda pas à se déranger; il se prit à boire, et avec le goût du vin il contracta les vices inhérens à l'ivrognerie. L'indulgence de ses maîtres toléra longtemps ses écarts; mais enfin M. Ollivry acquit un jour la certitude que son domestique possédait une double clef de la cave au vin, et qu'il en faisait un coupable usage. Il le congédia définitivement, et était bien décidé à ne jamais le reprendre à son service.

A quelque temps de là, M. Ollivry apprit que Mathurin, auquel il ne donnait pas annuellement 100 fr. de gages, avait en sa possession une somme de 400 à 500 fr. qu'il portait sur lui; qu'il fréquentait à Nantes de mauvais lieux et de mauvaises sociétés. Jamais M. Ollivry n'avait soupçonné de vol d'argent son domestique; il s'était bien aperçu de quelques mécomptes dans les sommes destinées à solder les ouvriers employés à la construction de sa maison, de sacs d'argent ne contenant pas la valeur qu'il croyait y avoir déposée; mais il imputait ces déficits à des erreurs possibles sur une somme considérable répartie en beaucoup de parts. Néanmoins, sans porter une accusation directe et positive contre son domestique, M. Ollivry crut devoir donner connaissance à M. le procureur du roi des renseignemens qu'on vient de lire.

M. Ollivry, soit prudence, soit pressentiment, n'était plus sans défiance à l'égard de Mathurin Poisson. Cet homme connaissait les habitudes de la maison, savait où se trouvait la caisse, l'époque des rentrées et des versemens de fonds. Il avait su se procurer une clef de la cave; il n'était pas impossible qu'il s'en fût procuré d'autres, et alors, en raison de ses coupables tendances et de ses vicieuses fréquentations, tout de sa part était à craindre.

L'événement a prouvé promptement la justesse de ces réflexions.

Quelque temps après, vers six heures du soir, M. Ollivry étant à causer au milieu du bourg de la Chapelle, à peu de distance de l'église, vit venir vers lui son ancien domestique. Poisson, de l'air le plus décidé, lui demande s'il persistait à lui refuser un certificat de bonne conduite. « Je certifierai que vous avez été environ dix-huit mois à mon service, lui dit M. Ollivry, et je n'ajouterai pas un mot en votre faveur, puisque j'ai des reproches à vous faire et des motifs sérieux de vous congédier.... » Et M. Ollivry continua de s'entretenir avec Mme Mouilleras, femme du médecin de la Chapelle.

Tout à coup Mathurin Poisson, qui cachait deux pistolets d'arçon sous sa blouse, porte le bout d'un de ces pistolets à l'oreille de son maître et lâche la détente. Le coup part, et M. Ollivry tombe à terre, puis cherche à se relever aussitôt. Mathurin Poisson voit remuer sa victime : il n'a pas changé de place, il n'a pas perdu son sang-froid ; son crime est inachevé, sa vengeance incomplète. En un clin d'œil il tire de dessous sa blouse un second pistolet de même calibre, et le décharge sur M. Ollivry gisant à terre. La double détonation a consterné les témoins de cette scène : une vingtaine d'hommes étaient présens, dispersés çà et là par groupes, et pas un d'eux ne s'est rué sur l'assassin, qui est resté immobile, le bras tendu encore quelques secondes après le second coup.

5.

Deux femmes, Mme Mouilleras et une fermière de l'endroit, se sont précipitées pour saisir l'assassin, mais alors Mathurin Po sson a pris la fuite.

Etourdi par le premier coup, M. Ollivry était tombé sans blessure. Un léger mouvement de tête pour regarder ce que se disposait à faire Mathurin Poisson, qui se trouvait derrière lui, avait sauvé ses jours, car autrement il eût reçu la charge dans l'oreille, tandis que la balle n'a fait que lui raser le côté de la tête et est allée frapper le mur de l'église. La poudre et la bourre sont en partie demeurées dans ses cheveux et sur sa figure. Le second coup ne l'a heureusement pas atteint.

Revenus enfin de leur surprise, les habitans de l'endroit se sont mis sur les traces du meurtrier. Il s'était dirigé vers un petit bois situé à peu de distance. Ce bois a été circonscrit et fouillé. Toute tentative de fuite devenait inutile. Mathurin Poisson l'a compris, et, pour se soustraire au châtiment de son crime, il s'est tiré sous le menton un coup de pistolet qui lui a ouvert le crâne et a terminé sa vie. Lorsqu'on l'a fouillé, on a trouvé sur lui deux pistolets dont il a fait trois fois usage, des capsules, de la poudre et plusieurs balles de calibre.

Mathurin Poisson est étranger au pays où il a si criminellement vécu et tranché son existence. Il appartient au département des Côtes-du-Nord, et est né dans la commune de Pleuch, arrondissement de Saint-Brieuc.

INFAME DÉVOUEMENT.

Un crime déféré au jury par la Cour d'assises de la Drôme, était celui d'attentat sur une jeune fille de huit ans, nommée Pélagie Chaléas, de la commune de Valaurie. Deux jeunes gens, l'un fils d'un riche meunier, l'autre fils d'un très-pauvre cultivateur, comparaissaient ensemble comme accusés; mais le ministère public ne signalait aucun complice dans la perpétration de ce crime, qui avait été commis par un seul individu. Les deux accusés, Hippolyte Salard et Victor Monnier, se trouvaient ainsi liés au même fait, non par une présomption commune de culpabilité, mais par une précaution judiciaire fondée sur la profonde incertitude des magistrats instructeurs; de telle sorte que la condamnation de l'un devait inévitablement faire éclater l'innocence de l'autre. Cette situation, si pénible pour les juges, avait sa source et plus tard eut son explication dans la révélation d'un pacte honteux, et tel que les annales judiciaires n'en offrent sans doute que bien peu d'exemples. La famille de la victime et la victime elle-même, après avoir publiquement dénoncé le coupable, avaient tout à coup changé de langage, et, cédant aux suggestions de la famille de l'inculpé, s'étaient secrètement concertées avec elle pour imputer le crime à un pauvre jeune homme dont l'idiotisme paraissait assurer à leurs machinations un succès d'autant plus facile qu'il était consenti par ce malheureux. Enfin, comme si tout devait être extraordinaire dans ce procès, le propre père de ce dernier, le cultivateur Monnier, n'avait pas craint de s'associer à ce pacte infâme qui devait perdre son fils innocent, et il avait été jusqu'à le livrer lui-même à la rigueur des tribunaux.

Telle était la vérité des faits ; mais la justice, appelée une première fois à débrouiller cette intrigue, avait craint de s'égarer, et, après s'être assurée de la personne du second inculpé, elle avait joint les deux poursuites et renvoyé à une autre session l'affaire déjà commencée. Les nouveaux débats qui ont eu lieu ont heureusement dissipé tous les doutes et confondu le vrai coupable. Cinquante-trois témoins ont été entendus. Les débats ont établi que la famille Salard avait acheté, moyennant 4,000 fr., la rétractation et les dénonciations mensongères des époux Chaléas ; d'un autre côté. Monnier père se serait imaginé que le fait imputé à son fils n'étant pas déshonorant, n'entraînerait contre lui qu'une peine légère, et pourrait en définitive le dispenser du service militaire. Quant à Monnier fils, il a expliqué son singulier consentement, en disant que, lié d'amitié avec les Salard, qui faisaient vivre sa famille, il avait voulu sauver leur fils, et que, n'ayant rien à se reprocher, il avait d'ailleurs espéré être bientôt relâché. Le fils Salard a été condamné à cinq ans de travaux forcés, sans exposition.

SUICIDE REMARQUABLE DU COMTE DE MUNSTER.

Le comte Georges de Munster, l'aîné des fils naturels du duc de Clarence, depuis roi d'Angleterre sous le nom de Guillaume IV, et d'une de ses maîtresses, la célèbre actrice Mme Jordan, mit fin à son existence par un suicide dont les circonstances sont assez remarquables.

Déux armes à feu sont déposées sur le bureau du comte ; l'une est un pistolet de poche, l'autre est un pistolet de combat, avec les armes du prince de Galles. Ce dernier a été donné en effet au défunt par le prince de Galles, depuis Georges IV.

Les jurés, après avoir prêté serment, sont entrés dans la bibliothèque au rez-de-chaussée. Le corps du comte de Munster se trouvait étendu sur le parquet entre la porte et l'extrémité du bureau devant lequel il avait coutume de s'asseoir. Il avait le visage et la tête cruellement mutilés ; la main droite blessée et ensanglantée. Le défunt était couché sur le côté droit, ayant près de lui le pistolet de poche. Le pistolet de combat était resté sur le bureau.

Le comte de Munster avait, comme fils naturel du duc de Clarence, entre autres titres, celui de vicomte Fitz-Clarence. Il avait fait la guerre en Espagne de 1808 à 1814, et avait reçu une blessure à la bataille de Toulouse. Il servit ensuite dans les Indes, de 1815 à 1817, comme aide-de-camp du gouverneur général marquis de Hastings.

Robert Smith, valet de pied, a déposé : « Hier au soir, vers onze heures et demie, je me déshabillais pour aller me coucher, lorsque j'entendis un bruit très-confus qui me paraissait produit par un coup de pistolet. Bientôt après, j'entendis sonner du côté de la bibliothèque, j'y courus : M. le comte de Munster était près de la porte et criait : « Robert ! Robert ! — Me voici », répondis-je.

Sa Seigneurie, me prenant pour le valet de chambre, s'écriait : « Miller, Miller, je me suis blessé à la main... Allez vite dans Piccadilly, allez chercher le docteur Hamilton, mon chirurgien... je me suis blessé à la main d'un coup de pistolet. Robert, continua-t-il, apportez-moi de la lumière. » J'entrai dans la bibliothèque avec une bougie allumée, et je vis Sa Seigneurie appuyée sur le bureau, où se trouvait un pistolet. M. le comte était en robe de chambre ; il me répéta qu'il fallait faire venir M. Hamilton. « Voilà, ajouta-t-il, ce que c'est que de jouer avec des armes à feu ! »

Le coroner : « Avez-vous vu la main du comte en ce moment ? »

Smith : « C'était sa main droite, elle était toute couverte de sang. Je ne perdis pas de temps pour aller chercher M. Hamilton. Rencontrant sur mon passage le valet de chambre Miller, je lui dis que mylord s'était blessé à la main avec un pistolet. Dans ce moment nous entendîmes un second coup de pistolet ; alors nous ne doutâmes point que M. le comte ne se fût tué. M. Miller, un autre domestique et moi, nous courûmes à la bibliothèque. Sa Seigneurie était couchée comme elle l'est en ce moment sur le flanc droit, et horriblement défigurée. Je n'en allai pas moins chez M. Hamilton, qui vint sur-le-champ. »

Un juré : « Quelle était la situation physique et mentale du défunt ? »

Smith : « Depuis une quinzaine de jours, M. le comte me paraissait souffrant et abattu ; dimanche soir il avait consulté M. Hamilton et le docteur Chambers. »

M. le docteur Chambers dépose : « J'ai été appelé pour la première fois chez M. le comte de Munster dimanche dans la soirée. Il était assis dans sa bibliothèque, ayant près de lui son frère lord Adolphe Fitz-Clarence, lady Munster et M. Hamilton Ses facultés physiques et même intellectuelles me semblèrent fort affaiblies. Il répondait juste à mes questions, mais avec une extrême volubilité, et paraissait en proie à une grande agitation.

« Je priai M. Hamilton, son médecin habituel, de passer avec moi dans une pièce voisine. Nous nous accordâmes à penser que la raison de M. le comte était sensiblement altérée. J'écrivis une ordonnance pour prescrire des calmants et des boissons rafraîchissantes, et nous résolûmes d'attendre, pour prendre un autre parti, que le noble lord présentât des symptômes plus positifs d'aliénation mentale. Nous exprimâmes seulement le désir que lady Munster passât la nuit auprès de son mari.

« Les dernières nouvelles de l'Inde et les désastres des troupes anglaises dans l'Afghanistan avaient péniblement affecté le comte de Munster. Il demandait sans cesse si les journaux contenaient de nouveaux détails, et s'apitoyait sur le sort de lady Mac-Naghten et des autres femmes des officiers anglais enfermées dans une prison, où on les contraignait à égrener du maïs et du gros millet. « Quel malheur, disait-il, que ces pauvres femmes soient retenues comme otages à Caboul ! J'ai servi dans l'Inde, je connais la férocité des gens de ce pays-là, ils sont pires que des anthropophages ! »

Un juré : « Parlait-il souvent des désastres de l'Inde ? »

M. Hamilton : « Il ne parlait que de cela depuis plusieurs jours ; c'est ainsi que j'ai commencé à m'apercevoir que sa tête se dérangeait. »

Le jury a déclaré que le défunt s'était tué de sa propre main, dans un accès de dérangement mental temporaire.

———

LA FRUITIÈRE ENDORMIE.

Il était dix heures du soir, quand une fruitière de la rue Saint-Denis, qui fait une assez forte recette chaque jour, dormait sur une chaise au fond de sa boutique, éclairée seulement par une chandelle. Un individu, entré à pas de loup, commença par couper le cordon auquel la fruitière suspendait la clef du tiroir de son comptoir, ouvrit ce tiroir sans bruit, y prit une somme de cent et quelques francs qui s'y trouvait enfermée, et se disposait à sortir sans que la fruitière eût été tirée de son sommeil, lorsque deux ou trois pièces de cinq francs, échappant de la main du voleur et tombant sur le carreau, produisirent un bruit qui la réveilla en sursaut.

La première chose qu'elle vit en ouvrant les yeux, ce fut l'homme qui sortait précipitamment de son comptoir et s'empressait de gagner la porte ; elle s'élança au devant de lui et l'étreignit à bras le corps, tandis qu'il la repoussait d'une main, ne voulant pas lâcher l'argent qu'il tenait de l'autre. Une lutte s'engagea alors ; le voleur, qui paraissait connaître les êtres, déposant l'argent sur une tablette où se trouvaient des mottes de beurre, entraîna la malheureuse femme dans son arrière-boutique, et là, l'ayant renversée à terre, la serra fortement au cou pour empêcher ses cris ou peut-être aussi pour l'étrangler. Cependant, dans sa résistance désespérée, la fruitière parvint à se dégager un instant, et appela au secours d'une voix assez retentissante pour que son agresseur dût craindre d'être surpris ; il se relève alors, lui arrache du cou sa chaîne en or et se sauve, oubliant, dans sa précipitation, de prendre la somme qu'il a déposée quelques instans auparavant dans la boutique.

La fruitière, qui en a été quitte pour de graves contusions, a fait le soir même sa déclaration au commissaire de police, auquel elle a remis, comme pièce de conviction, une casquette de velours brun, abandonnée par le voleur sur le théâtre de la lutte. Elle ne put d'ailleurs donner aucun renseignement précis, ni reconnaître celui qui l'a si brusquement assaillie.

VENGEANCE D'UN CORSE SUR UN AGENT DE RECRUTEMENT.

Léopold Marchetti quitta le village d'Isolaccio, en Corse, pour suivre un de ses compatriotes, le nommé Massiani, courtier de remplacemens militaires. Il fut présenté, dès son arrivée à Toulon, au sieur Filliol, agent de remplacemens militaires, qui lui fit des propositions avantageuses, et le détermina à contracter un engagement. Marchetti devait recevoir une somme de 1,000 fr., plus 2 fr. par semaine à titre de prêt militaire. Présenté au conseil de révision, il fut refusé parce qu'il ignorait complétement la langue française. Dès ce moment, Filliol, trompé dans ses espérances d'une bonne opération, et se proposant pourtant de tenter une seconde épreuve que la bonne mine du Corse devait rendre favorable, se relâcha dans l'exécution de ses obligations. Marchetti, mal nourri, mal payé, se plaignit au parquet de Toulon, où Filliol fut mandé. Aux remontrances qui lui furent adressées, il répondit par des promesses auxquelles il devait bientôt manquer. Des altercations vives s'élevèrent à ce sujet entre le jeune remplaçant et lui.

A quelque temps de là, Marchetti vint dans la maison de Filliol, accompagné de Clémenti, son compatriote, et comme lui pensionnaire de l'agent de remplacement. Il réclama ses papiers, et prétendit que son engagement avait cessé d'exister du jour de l'inexécution des conditions qui formaient son lien. Filliol répondit en mettant Marchetti à la porte. Une rixe commença, dans laquelle l'agent de remplacement, s'emparant du bâton de Clémenti, en frappa son adversaire. Marchetti, par un mouvement rapide, porta la main à la poche de sa veste. Le stylet allait briller, et malheur à Filliol, si un sieur Lacroix, présent à cette scène, n'avait paralysé les efforts du jeune Corse, en le saisissant violemment par

les bras. La lutte cessa; Marchetti avait été mal-
traité; il pensa à la vengeance, et à peine sorti
de la maison d'où on le chassait, il courut chez
Massiani. Celui-ci dut sans doute calmer son irri-
tation et lui dicter une sage conduite; car au lieu
de machiner sourdement un guet-apens contre
son ennemi, il courut s'adresser à la justice.

Il alla se plaindre à la gendarmerie; n'ayant
trouvé personne au parquet, un gendarme le renvoya à son brigadier, lequel l'adressa à l'agent de
police; l'agent de police le renvoya au commissariat, le commissariat ne devait s'ouvrir qu'à
deux heures et demie. Marchetti n'avait pas le
temps d'attendre; l'outrage qu'il avait reçu brûlait
son front. Par un hasard malheureux, il ne pouvait obtenir la prompte réparation qu'il allait
demander à la justice. Le désir de la vengeance
fit des progrès rapides dans son cœur. L'imprudence de Filliol vint bientôt lui fournir
l'occasion de l'exercer. A deux heures, Marchetti était dans la rue de la Comédie, en face
de la maison de son ennemi; plusieurs de ses
compatriotes l'accompagnaient et causaient avec
lui; Filliol parut à la fenêtre et leur cria : « Tas
de brigands, tas de voleurs, que voulez-vous encore? Si vous montez, je vous casserai les reins. »
Marchetti, immobile sur le trottoir, répondit froidement : « *Galate qui* (descendez ici). » Filliol
descendit, se précipita dans la rue, marcha droit
vers le Corse, qui le vit venir sans prendre la
peine de se mettre sur ses gardes. A peine Filliol
fut-il parvenu à deux pas de Marchetti, que
celui-ci tira vivement un pistolet de dessous sa
veste et le déchargea à bout portant sur son

antagoniste. Filliol tomba baigné dans son sang; il ne prononça pas une parole; il ne s'agita pas cinq minutes dans les dernières convulsions de la mort. Marchetti ne songea pas à fuir, il remonta tranquillement la rue, où le corps de son ennemi ne tarda pas à être relevé par sa famille. Bientôt après, il fut arrêté par un sergent de marine et mis à la disposition de l'autorité judiciaire.

Tels sont les faits qui ont amené Léopold Marchetti devant la Cour d'assises du Var. Ce jeune homme, dont la physionomie intéresse, paraît doué de l'intelligence et de la vivacité qui distinguent les montagnards corses. Il s'impatiente, pendant les débats, de la lenteur que la traduction de l'interprète apporte à l'expression de ses réponses et de ses moyens de défense; il soutient que, porteur d'un pistolet chargé, selon l'usage de son pays, il n'en avait fait usage que pour se défendre contre l'attaque de Filliol qu'il avait cru armé et près de le frapper au moment où il avait traversé la rue. Ce système n'a pas été accueilli par le jury, qui a prononcé un verdict de condamnation sur la question de meurtre. La provocation ayant été admise en faveur de l'accusé, le jeune Corse s'est vu condamner à deux ans de prison.

IMPRÉVOYANCES PUNIES.

Le sieur Gamez, maître tailleur, étant allé un dimanche à Montmartre, avec sa femme, perdit un portefeuille contenant divers papiers et quatre billets de la banque de France de 1,000 fr. chaque.

Le lendemain matin, il fit placarder une affiche où il promettait 1,000 fr. de récompense à celui qui lui rapporterait son portefeuille.

Dans la soirée, il reçut la visite d'un jeune homme se disant étudiant et se donnant le nom de Louis Ricard. Cet inconnu lui raconta que, traversant la veille le boulevard Montmartre, il avait vu un individu en costume d'ouvrier ramasser un portefeuille qu'il glissa dans une de ses poches. Tout à coup un autre individu, vêtu d'une mauvaise blouse, serait accouru vers lui en réclamant une part de la trouvaille, parce qu'il avait vu, disait-il, le portefeuille avant celui qui l'avait ramassé.

Ils se dirigèrent vers un cabaret, où Ricard les suivit : là, ils se partagèrent les billets de banque, et se séparèrent en prenant rendez-vous pour le soir dans un cabaret situé près de la place Royale.

En terminant son récit, Ricard engagea le sieur Gamez à faire toutes les diligences nécessaires pour qu'on s'assurât des deux voleurs avant qu'ils eussent pu dissiper la somme.

M. Gamez se mit effectivement en mesure ; mais au rendez-vous indiqué les agens de police, que Ricard avait offert d'accompagner, ne trouvèrent personne. Cependant, comme il était tard, le maître tailleur donna l'hospitalité à Ricard. Le lendemain, de grand matin, ce jeune homme se retira sans avoir pris congé de son hôte, et le soir on l'arrêta au marché du Temple, au moment où il concluait à vil prix une vente d'effets d'habillement sur l'origine desquels il ne put donner aucune explication satisfaisante.

Ces objets avaient été dérobés par lui dans le

domicile du sieur Gamez, où il s'était introduit
à l'aide d'une fable dont la lecture des affiches
lui avait inspiré l'idée.

DEUX MAUVAISES RENCONTRES.

Une marchande des quatre saisons, regagnant
un soir sa demeure, située à la barrière de Cha-
renton, longeait le canal Saint-Martin. Elle fut
tout à coup saisie au bras par un individu qui,
peu d'instans, auparavant l'avait vue compter son
argent. Cet homme la frappa et voulut lui enlever
le produit de sa vente. Aux cris de la marchande,
on accourut, et l'audacieux voleur fut arrêté.

Conduit chez le commissaire de police du quartier, la marchande le reconnut, et déclara avoir
dansé avec lui, il y avait quinze ans, à la fête de
Bougival ; en sortant du bal, pour rentrer à Rueil,
où elle demeurait alors, elle fut attaquée par lui,
non loin d'une carrière. Il la renversa, lui arracha
ses boucles d'oreilles, sa croix d'or, et lui prit sa
bourse contenant 12 fr. ; puis il la laissa là, non
sans l'avoir frappée avec violence, et l'affaire
n'eut pas de suite.

Qu'avait fait le voleur durant les quinze années
écoulées depuis cet exploit ? Il en avait passé trois
en prison pour vols, et tout récemment il sortait
du bagne, après y avoir passé sept ans. Il n'a pas
cherché, d'ailleurs, à dissimuler ses antécédens,
et n'a manifesté que de l'étonnement d'avoir ainsi
retrouvé, a-t-il dit, *sa danseuse.*

LA VERTU EN DÉFAUT.

Trois domestiques, la mère et ses deux filles, étaient employées, depuis longtemps, dans un village des environs de Lagny, au service de M. R..., riche vieillard, atteint d'une paralysie presque complète. Plus il semblait approcher de sa fin, et plus elles lui prodiguaient leurs soins attentifs; elles s'en faisaient un devoir, et auraient rougi d'abandonner leur maître. Aussi les entourait-on d'estime et d'une sorte d'admiration.

Cependant M. R... mourut, les scellés furent apposés dans son domicile, et les parens furent appelés; mais lorsqu'on fit l'inventaire, on ne trouva que quelques pièces de monnaie, puis on remarqua le désordre des papiers, qui avaient été évidemment fouillés. Mais quel était l'auteur du vol? On se perdait en conjectures, sans soupçonner les domestiques, que semblait protéger leur réputation de vertu.

La justice, avertie, arriva et les fit arrêter. Ce fut alors une déchirante scène de désespoir. L'aînée des deux sœurs obtint des gardes de s'éloigner un instant, et alla se noyer dans le bassin du jardin. Ce suicide l'accuse; on visite ses meubles, et le premier objet qui frappe les regards, c'est un brevet constatant que la domestique si gravement soupçonnée de vol a obtenu, il y a peu d'années, l'un des prix Monthyon pour sa noble conduite et sa vertu. Le juge de paix continue ses recherches, mais sans résultat. Il fouille également les meubles de la mère et ceux de la jeune fille, qui ne présentent non plus rien qui puisse les compromettre. Toutefois elles sont transférées à la prison. Le lendemain, on trouva la mère pendue aux barreaux.

Il n'en fallut pas davantage pour que les habitans du pays ne doutassent plus de l'innocence des trois domestiques. La justice elle-même fut un moment ébranlée ; mais les contradictions, les mensonges de la plus jeune, bientôt suivis d'un aveu complet, ne tardèrent pas à prouver que l'appât de l'or avait été plus fort que la vertu de ces malheureuses, jusque là sans reproches.

ARRESTATION D'UN FAMEUX BANDIT CORSE [1].

[illegible]

[illegible]
[illegible]

[illegible]
ver en Corse des témoins qui aient assez de courage pour oser déposer dans les affaires criminelles, par la certitude où ils sont de devenir, tôt ou tard, les victimes des parens du condamné, qui les assassinent, même en plein jour, ou mettent le feu à leurs propropriétés.

Pour venir à l'appui de ce que nous avançons, nous citerons le passage suivant, tiré d'une lettre adressée à la *Gazette des Tribunaux*, dans laquelle on lit :

« Le nombre des causes criminelles qui doivent être soumises à la décision du jury par la Cour d'assises de Sartène (Corse), dans la session de mars, est beaucoup plus effrayant que celui des mois précédens ; il se compose de trois meurtres, deux assassinats, un vol commis de nuit et à main armée par trois personnes, un

qui, malheureusement, a causé la mort de l'un
des braves militaires qui y ont pris part. M. le

vol nocturne dans un moulin, avec bris de tout ce qu'il
contenait; enfin, d'un recel d'assassin à Sartène même.

« Les bandits Giacomoni et Santa-Lucia poursuivent
leurs barbares exploits; ils ont dernièrement menacé de
mort, par un écrit placardé à l'église de Carbini, un
garde forestier de Levie, et ordonné sous la même peine
au sieur Peratti, desservant d'Altagène, de quitter sa
résidence, ce qu'il a fait ponctuellement, de façon que
depuis près d'un mois les habitans de ce hameau sont
privés de l'office divin.

« On attribue aux mêmes bandits l'assassinat commis
dernièrement à Mela, sur le nommé Michel Peroni,
un des vingt-sept témoins qui ont déposé contre eux aux
assises, et dont ils ont juré la mort.

« On assure qu'ils portent sur eux une sorte d'agenda
sur chaque page duquel est écrit le nom d'un de ces
témoins et la note de ce qu'ils lui reprochent; malheur
à qui a un compte ouvert sur ce registre ! le chiffre n'en
peut être débattu; il faut payer, et on ne solde qu'avec
du sang. Un de leurs débiteurs tué, ces terribles créan-
ciers déchirent, par forme de quittance, la page où
était son nom, et la jettent aux vents. Ce livre funèbre
a encore vingt et un feuillets !.... »

On écrivait aussi, de Bastia au *Toulonnais :*

« Le mois qui vient de s'écouler sera d'un bien doulou-
reux souvenir en Corse, par les traces de sang qu'il a
laissées après lui dans la malheureuse ville d'Ajaccio.

« Quatre assassinats, commis à moins de huit jours de
date l'un de l'autre, et accompagnés des circonstances
les plus épouvantables, ont jeté la terreur et l'effroi
parmi la population de cette cité. Il y a vingt-cinq
jours environ, c'était un parent du commandant de la
citadelle qui recevait plusieurs coups de fusil en plein
jour, au milieu de la place publique, et en présence de
plus de trente personnes qui fuyaient épouvantées,
dans la crainte d'être appelées un jour comme témoins

lieutenant de gendarmerie de la ville de Calvi, apprit que le nommé Lega, âgé de quarante-deux ans, condamné par contumace à la peine de mort, avait paru dans l'arrondissement. Il donna aussitôt l'ordre d'établir des patrouilles de jour et de nuit pour tâcher de saisir ce bandit redoutable qui, depuis six ans, s'était dérobé aux recherches de la force armée.

Bientôt des renseignemens plus précis permirent de rétrécir le cercle des recherches, et la brigade de Calerzana se mit en route pour arriver de bonne heure à l'endroit où elle était assurée de trouver le bandit. Arrivé à quatre heures du matin sur le territoire de la commune de Montemaggiore, le brigadier Chapelle aperçut de loin Lega, assis à côté du feu, dans une bergerie. Il était sur ses gardes et avait son fusil entre les jambes. Le brigadier Chapelle prit ses mesures pour pouvoir s'emparer de Lega, et voulut attendre que le grand jour fût venu pour enlever au bandit tout moyen de se dérober à ses poursuites. Mais ce dernier, averti par son neveu qui lui servait

d'une scène qu'on ne peut jamais raconter impunément dans ce pays !

« Peu de temps après, un être faible et sans défense, une femme enfin, succombait au milieu du marché sous les coups d'un féroce assassin, sans qu'il se trouvât quelqu'un d'assez brave pour arrêter le coupable, qui s'est retiré tranquillement dans les montagnes, après avoir commis son horrible forfait.

« Puis enfin c'est un forcené, armé d'un pistolet et d'un poignard, qui assassine deux de ses compatriotes au milieu d'une rue fréquentée, et gagne aussitôt sa barque, où les hésitations et les retards qu'on apporte à le poursuivre lui assurent aussi l'impunité. »

de guide et d'espion, du danger qu'il courait,
prit la fuite, et ayant rencontré sur son chemin
le gendarme Castelli, il lui tira un coup de fusil
qui malheureusement l'atteignit au-dessus du
sein gauche; dix minutes après, l'infortuné
Castelli avait cessé de vivre.

Poursuivi vivement par les autres gendarmes,
Lega n'en continua pas moins de se défendre avec
fureur; deux fois il fit feu sur le brigadier Chapelle, sans pouvoir l'atteindre; la troisième fois
la balle de son fusil traversa le schako du brigadier, à deux doigts au-dessus de la tête. Mais atteint lui-même d'un coup de feu que lui avait tiré
le gendarme Benedittini, et frappé d'une balle
qui l'atteignit par derrière et qui ressortit par
l'aine droite, il lui fut impossible de continuer sa
fuite; toutefois il ne se rendit qu'après avoir dé-
chargé un coup de pistolet sur les gendarmes.

Ce qui peut donner une idée de la résolution
de ce bandit et des précautions qu'il prenait, c'est
qu'on a trouvé sur lui, indépendamment d'un
fusil double à piston, un pistolet à deux coups,
un stylet, un couteau, 17 balles, 2 cartouches,
4 balles de pistolet, de la poudre, 25 capsules,
2 tireballes et une lunette d'approche. Le bandit
Lega et son neveu ont été mis à la disposition
du procureur du roi de Calvi.

LE FACTIONNAIRE ET LA BARRIQUE DE VIN,
ou *boire* et *voir* sont deux.

Placer un soldat qui est pour longtemps condamné à ne boire que de l'eau en faction à côté

d'une barrique de vin, n'est-ce pas renouveler pour lui le supplice de Tantale? C'est cependant ce qui est arrivé au fusilier Célin, du 18ᵉ de ligne. En le plaçant devant le poste, à Bercy, on avait ajouté à sa consigne le soin de surveiller une pièce de vin déposée non loin de là. Or, vers dix heures du soir, une patrouille survint; le sergent qui commandait le poste, comptant sur son factionnaire, était tranquille dans son corps-de-garde, lorsqu'il voit entrer une patrouille tout entière, qui, n'ayant été arrêtée par aucun *Qui vive!* s'introduisait victorieusement dans l'asile confié à la surveillance de Célin. Grande surprise, grand bruit; qu'est devenu le factionnaire? Pas de doute, il a été jeté à l'eau. On commençait à s'inquiéter, quand tout à coup une voix partie d'un groupe de tonneaux s'écrie : *Qui vive!* C'est Célin, c'est le vertueux factionnaire, qui, à ce qu'il dit, ayant entendu que la pièce de vin confiée à sa garde coulait, avait été boucher le trou.

Les chefs du 18ᵉ ont vu dans ce fait une infraction à la discipline, et celui-ci comparaissait devant le conseil de guerre. Voici les débats : -

M. le président : Il paraît que le 17 janvier, vers dix heures du soir, vous avez laissé surprendre votre poste en abandonnant votre faction?

Le prévenu : Je n'avais pas abandonné ma faction; je m'en étais tant soit peu éloigné pour affaires de mon service.

M. le président : Est-ce que par hasard il était dans votre consigne d'aller percer une pièce de vin et de boire à même ? C'est constaté dans le rapport rédigé par votre capitaine. Etait-ce là une affaire de service ?

Le prévenu : On m'a trouvé près de la pièce de vin, c'est vrai ; elle coulait, c'est vrai encore ; mais il n'est pas vrai que je l'aie percée.

M. le président : Il est bien possible que vous n'ayez pas fait le trou ; mais il est probable que vous aurez retiré le petit morceau de bois qui le fermait, et que vous n'avez pas su retrouver dans l'obscurité.

Le prévenu : Tandis que j'étais en faction, j'ai entendu du vin qui coulait, alors j'y suis allé voir.

Un membre du conseil : Vous convenez donc du fait ?

Le prévenu : Je n'ai pas dit *boire,* j'ai dit *voir.* (On rit.) Je me suis trouvé fort embarrassé, parce que j'avais mis le doigt sur le trou... En cherchant par où le vin coulait, j'avais fait [illegible]

[illegible]

votre poste ou avez ag[illegible] largement, car le chef du poste déclare que vous sentiez le vin d'une manière bien accusatrice ?

Le prévenu : Je puis vous assurer que je n'en ai pas bu du tout...

M. le président interrompant : Allons, allons, avouez-nous que vous en avez bu quelques gouttes ; ça fera du bien à votre affaire, le conseil vous tiendra compte de vos aveux.

Le prévenu : Si je sentais le vin, c'est que ma capote en était mouillée. Ça m'avait sauté dessus et coulé dans la manche. (On rit.)

M. le président : Mais le rapport dit que vous avez été pris en flagrant délit, buvant à même la pièce. Est-ce qu'il ne vous en était pas entré un peu dans le col de votre capote ?

Le prévenu : Dans la manche, oui ; mais dans le col de l'habit, non.

Les dénégations positives de Célin, en présence des dépositions des témoins, qui, tout en affirmant avoir vu le prévenu près de la pièce de vin, ne peuvent affirmer l'avoir vu boire, donnent à la version de Célin, qui soutient toujours avoir été là pour boucher la pièce qui fuyait, une certaine apparence de vérité. Aussi M. le commandant-rapporteur, après avoir raconté avec impartialité toutes les circonstances de cette affaire, croit devoir s'en référer à la sagesse du conseil.

Après quelques instans de délibération, Célin est déclaré non coupable ; le conseil le renvoie à son corps pour y continuer son service.

VOLS D'UN NOUVEAU GENRE.

Le nommé Grenot, employé en qualité de garçon de recettes chez M. N...., négociant rue de Cléry, venait de recevoir le montant d'un billet de 750 fr. rue de Lancry ; il traversait la rue Saint-Martin, tenant son sac d'argent à la main, quand tout à coup deux hommes, portant le costume d'ouvriers maçons, et ayant l'air de courir l'un après l'autre, se jetèrent sur lui et le renversèrent. L'un de ces deux hommes tomba avec Grenot, qui le retint fortement, et les pas-

ans s'étant rassemblés, tous deux furent relevés ;
mais déjà l'autre individu avait disparu et avec
lui le sac contenant les 750 fr.

Conduit chez le commissaire de police du quartier, son complice refusa obstinément de répondre
aux questions qui lui furent adressées. Il a été
envoyé à la préfecture de police, et mis à la disposition du procureur du Roi.

———

C'était le jour de l'ouverture de l'exposition
annuelle des travaux de nos artistes. peintres,
statuaires, lithographes, graveurs. Comme d'ordinaire, les voleurs s'étaient donné rendez-vous
au Musée. Par malheur la police municipale avait
pris avant eux position dans chaque salon. pour
éclairer toutes les tentatives, pour prévenir, pour
réprimer toutes les expéditions que les voleurs
pourraient aventurer en se croyant certains du
succès.

Depuis moins d'une heure seulement les portes
étaient ouvertes, que déjà quatre voleurs émérites
étaient arrêtés. L'un entre autres avait enlevé la
bourse du frère de l'un des substituts de M. le
procureur du Roi, dont grande avait été la surprise, lorsqu'un agent s'approchant de lui, lui
avait dit : « Monsieur, vous venez d'être volé ;
prenez la peine de fouiller dans la poche de votre
gilet, visitez votre gousset de montre, et vous en
acquerrez la certitude ; nous tenons du reste votre
voleur, nanti encore des objets soustraits, et si
vous voulez bien passer au bureau du commissaire de police voisin, tout ce qui vous a été dérobé vous sera rendu. »

Les quatre voleurs, reconnus pour des repris de justice, ont été envoyés à la préfecture de police, et M. le commissaire de police a opéré la restitution de tous les objets dérobés entre les mains des personnes qui, sur l'avis qui leur avait été donné, venaient en faire la réclamation.

AVIS AUX HORLOGERS.

Voici un petit vol tout simple, tout anodin, tout élémentaire, qui a été commis huit fois au préjudice d'autant d'horlogers dans différens quartiers de Paris. La publicité donnée au fait suffira sans doute pour en empêcher le retour. Les horlogers, lorsqu'on leur donne une montre en réparation, ont l'habitude de vous demander votre nom, de l'inscrire sur leur registre, puis de le reporter sur une étiquette qu'ils attachent à la montre défectueuse ou endommagée, après quoi ils attachent celle-ci à la verrerie de leur devanture de boutique. Un filou qui avait sans doute attentivement observé cette coutume de messieurs les horlogers, après avoir choisi chez chacun de ceux qu'il croyait plus faciles à duper le nom de la personne dont la montre paraissait présenter le plus de valeur intrinsèque, a envoyé hier simultanément chez chacun d'eux un commissionnaire porteur d'un billet ainsi conçu : « Monsieur N.... (le nom porté sur l'étiquette de la montre) part à quatre heures pour un petit voyage ; il prie M.... (le nom de l'horloger) de remettre au porteur sa montre terminée ou non. Le porteur soldera les frais de réparation ou même de dérangement causé. » Les différens horlogers auxquels a été adressée cette missive y ont tous fait droit sans difficultés ; mais lorsque de plusieurs points de Paris des plaintes sont venues signaler cette escroquerie, on n'a éprouvé aucune surprise en constatant que toutes les lettres étaient de la même main.

L'ARGENT VOLÉ NE PROFITE JAMAIS.

Un des huissiers de Paris ayant à encaisser à son échéance une somme de 4,000 fr., chargea le premier clerc de son étude de faire opérer cette recette, et le premier clerc, à son tour, remit le billet à recevoir à un nommé R..., ancien militaire, qui depuis un assez long temps était employé dans l'étude. L'effet de 4,000 fr. fut exactement payé par le souscripteur ; mais du moment où il en eut touché le montant, R... ne reparut plus à l'étude, et toutes les démarches que purent faire l'huissier et son premier clerc pour le découvrir demeurèrent sans résultat. L'huissier alors s'adressa à M. le préfet de police, qui donna des instructions pour la recherche du coupable. R... ne tarda pas à être arrêté dans des circonstances assez bizarres.

Un brave homme qu'il avait connu à l'époque où il servait dans l'armée étant venu à Paris pour faire quelques réclamations au sujet de la pension à laquelle la durée de ses services lui donnait des droits, avait fait rencontre de R... ; on avait renouvelé connaissance dans un cabaret; le campagnard avait dit le sujet de son voyage, et R..., auquel sa qualité d'employé chez un huissier donnait sans doute une haute importance aux yeux de son ancien compagnon, s'était chargé de faire des démarches pour assurer le succès de sa demande, et en même temps s'était fait remettre tous les papiers, titres, passeport, etc., dont il se trouvait porteur. Le pauvre solliciteur, depuis ce moment, n'avait pu rejoindre son ex-camarade, et il se présentait pour la vingtième fois peut-être à son logement, lorsque les agens qui y étaient en observation l'interrogèrent et apprirent de lui le motif de sa démarche. Cette première indication mit sur la trace du fugitif, qui, dans sa conversation avec son ancien compagnon d'armes, n'avait fait mystère d'aucune de ses habitudes.

Quelques jours après, entre midi et une heure, les agens, se faisant accompagner de l'ami de R..., qui, bien à son insu, les avait mis à même de découvrir la retraite de celui-ci, se présentèrent dans un cabaret de la commune de la Villette, où il fut trouvé attablé en compagnie de plusieurs buveurs, et lui-même plongé déjà dans un état de complète ivresse. Amené à la préfecture de police, R... n'a pas cherché à dissimuler la soustraction dont il s'est rendu coupable. De la somme de 4,000 fr. qu'il avait reçue, il ne lui restait plus que 15 fr.: le reste avait été dépensé en orgies, car, à ce qu'il avoue lui-même, depuis le moment du vol il n'a pas cessé d'être ivre : « J'avais fait une faute, dit-il, il a bien fallu m'étourdir pour n'en pas calculer toute la gravité. »

ASSASSINAT DE MICHEL GAINE PAR QUATRE BRIGANDS.

Au village de la Motte, commune de Berus (Sarthe), demeurait un cultivateur aisé, le sieur Michel Gaine. Cet homme n'était pas marié et vivait seul; il était d'un caractère faible et d'une intelligence bornée. Indépendamment de quelques valeurs mobilières, les immeubles que possédait Gaine pouvaient représenter un capital de 5 à 6,000 fr.

Gaine se rendit un jour, suivant son habitude, au marché d'Alençon. Quand il revint chez lui, dans la soirée, entre onze heures et minuit, il reconnut qu'un vol avait été commis à son préjudice. On s'était, pendant son absence, introduit dans son domicile, au moyen d'une effraction qu'on avait pratiquée dans le toit. Divers objets et un portefeuille renfermant des billets lui avaient été soustraits. Gaine porta plainte; un procès-verbal fut dressé; mais les indices sur les auteurs de ce crime manquant à la justice, l'information fut suspendue.

Quelque temps après, Gaine était encore allé à Alençon, d'où il était revenu longtemps avant la nuit. Ses voisins le virent à cinq heures du soir, puis à six heures; à dix heures il était devant sa maison; quelques instans après, il rentra et barra sa porte. Une heure et demie, deux heures peut-être s'étaient écoulées, lorsque les époux Gaboyer, dont la maison est la plus rapprochée de celle de Gaine, furent réveillés par les cris : « A moi! mes amis! A l'assassin! Levez-vous, mes amis! » Ils entendirent alors souffler ou respirer très-haut. Un bruit de bottes ou de gros souliers retentit quelque temps sur le sol de sa maison, puis tout rentra dans le silence. Aucune lumière ne se faisait à cet instant remarquer dans la maison de Gaine. Bientôt une vive lumière apparut dans la chambre de Gaine; un nouveau bruit se fit entendre; on montait rapidement de la chambre basse à l'étage supérieur; des fagots étaient agités dans le grenier. Il était évident que plusieurs personnes prenaient part à ce qui se passait. Enfin tout le grenier parut être en feu.

Cette scène dura environ une demi-heure; les époux Gaboyer, qui d'abord étaient restés calmes et indifférens, parce qu'ils étaient accoutumés à entendre pendant la nuit Michel Gaine jeter des cris et proférer sans sujet des plaintes bruyantes, furent effrayés de cette réunion de circonstances et donnèrent l'alarme. Plusieurs personnes accoururent : la porte de Gaine n'était fermée ni à clef ni barrée; son lit était en feu; sur ce lit était étendu le cadavre de Gaine, à demi-consumé par les flammes; il était recouvert de ses vêtemens; du chanvre broyé et du menu bois étaient placés auprès, dans le but évident d'accélérer l'incendie. Des bourrées et du chanvre, réunis en tas dans le grenier, avaient été disposés dans la même intention. On remarquait dans la chambre de nombreuses taches de sang, les unes à terre, les autres sur le seuil et le parement de la porte; il en existait également sur divers meubles; le chapeau de la victime était au milieu de la chambre, défoncé et couvert de sang.

Gaine était dans la force de l'âge. Tout indiquait qu'une lutte longue et désespérée avait eu lieu entre lui et ses assassins.

Par suite de l'instruction que la justice a faite, cinq individus ont été traduits en Cour d'assises comme accusés d'être auteurs de ce crime. Deux ont été condamnés à la peine de mort, deux à vingt ans de travaux forcés, et le cinquième a été acquitté.

UNE IDÉE INFERNALE.

Laurent Bertrand et Delarue, chasseurs au 2ᵉ bataillon d'Afrique, en garnison à Cherchell, se trouvaient ensemble dans leur chambre, déjà échauffés par le vin, lorsque l'idée vint à Laurent Bertrand de proposer à son camarade de jouer à la courte-paille la vie de leur sergent-major, contre lequel ils n'avaient ni l'un ni l'autre aucun motif d'animosité personnelle.

Delarue accepta la proposition, et le sort désigna Laurent Bertrand. Ce jeu était-il sérieux, ou n'était-ce qu'une détestable plaisanterie ? L'accusation soutenait la première question, la défense soutenait la seconde.

La partie terminée, Laurent Bertrand, qui, d'après l'accusation et les faits qu'elle a justifiés, devait avoir son arme déchargée, se présenta quelques minutes après devant son sergent-major, porteur de cette même arme chargée, et, sous prétexte qu'une vis s'était dérangée, lui demanda ce qu'il avait à faire pour la rétablir.

Le sergent-major, qui ne se doutait pas des desseins de Laurent Bertrand, le renvoya assez brusquement au maître armurier du corps, et comme Bertrand semblait méditer sur le parti qu'il avait à prendre, le sergent-major lui dit :

7.

« Eh bien! vous ne savez pas que vous devez sortir par où vous êtes entré? » Et Bertrand se retira sans proférer une parole. Revenu dans la chambre, il s'écria : « Je ne l'ai pas trouvé. »

Mais déjà deux caporaux qui avaient été témoins du singulier pari fait par Laurent Bertrand et Delarue, en rendirent compte au sergent, qui à son tour instruisit le sergent-major. Ordre fut donné d'arrêter Laurent Bertrand, qui le fut en effet dans les environs du quartier, après une lutte d'abord inoffensive, mais qui changea de caractère par un coup de poing donné par Bertrand sur la poitrine du sergent, et précédé de ces paroles : « Vous voulez me faire passer au conseil de guerre; eh bien, j'aurai le même courage que mon frère qui a été fusillé, je mourrai comme lui; d'ailleurs je vois que la mèche est vendue. »

C'est dans cet état que la cause était portée devant le conseil de guerre.

Les dépositions de trois témoins entendus à l'audience confirment les faits qui précèdent. Un quatrième témoin, assigné par l'accusation, n'a pu être entendu pour cause de maladie qui l'a retenu à l'hôpital; sa déposition a été lue, et s'est également trouvée conforme au dire des autres témoins.

Le capitaine-rapporteur, ne trouvant pas dans la cause des motifs suffisans d'accusation contre Delarue, s'en est rapporté, quant à lui, à la prudence du conseil.

Discutant les faits à la charge de Laurent Bertrand, M. le capitaine-rapporteur s'est attaché à démontrer qu'il était coupable sur les deux chefs; il a conclu en conséquence à la peine de mort.

Après délibération, les accusés ont été déclarés non coupables sur la question de tentative d'assassinat; mais le conseil ayant déclaré Laurent Bertrand coupable de voies de fait envers son supérieur, l'a condamné à la peine de mort.

VOLS A L'AMÉRICAINE.

Nous croyons devoir donner quelques détails sur ce vol, dont les auteurs trouvent sans cesse de nouvelles dupes. Ce drame est joué par trois personnages : l'Américain, son compère et la victime.

Un homme proprement et même richement couvert, portant des bagues, des épingles, etc., ayant l'air un peu emprunté, et baragouinant quelque langue étrangère, mais sachant se faire entendre en mauvais français, aborde une victime portant de l'argent, entre doucement en conversation avec elle, lui demande le chemin d'un établissement public éloigné de l'endroit où il se trouve. La victime ne sait souvent pas indiquer l'endroit qui lui est demandé; alors arrive le compère, et l'Américain propose un petit jaunet à la victime si elle veut l'accompagner; le compère demande à être de la partie, sous la condition de partager. Voilà nos trois hommes en route; et, chemin faisant, l'Américain parle de ses richesses et de l'or qu'il a dans ses poches. Le compère a l'air tout émerveillé, et il propose d'entrer dans un cabaret, afin de faire plus ample connaissance avec ce nouveau Crésus. L'Américain feint d'avoir quelque répugnance; à la fin il se rend : alors la victime est à peu près enfoncée. L'Américain étale sur la table une certaine quantité de pièces de quarante et de vingt francs ; il ouvre un petit nécessaire dans lequel se trouvent pour vingt-cinq mille (plus ou moins) de rouleaux de la même monnaie ; il dit qu'il a tant d'or, soit à son hôtel, soit dans un port de mer, qu'il en est embarrassé, et il ajoute que, dans son pays, les pièces de vingt francs ne passent que pour quinze ; enfin il voudrait avoir de l'argent blanc, il prendrait même des billets de banque. Le compère, dont le costume est propre, mais peu recherché, fait sentir à la victime combien il serait avantageux d'échanger son argent contre de l'or, et le marché se conclut.

Cependant l'Américain est méfiant ; il veut savoir si l'argent qu'on lui donne est de bon aloi, et il veut le faire vérifier ; mais il laisse en nantissement son nécessaire, dont il emporte la clef. Le compère trouve la proposition très-juste et la victime l'accepte. Notre Américain est en route. Au bout de quelque temps, le compère paraît craindre que le banquier étranger ne se soit égaré ; il va à sa recherche et ne revient plus.

Une heure, deux heures, trois heures se passent ; la victime a des soupçons, elle veut les éclaircir en ouvrant le nécessaire, et elle y trouve des rouleaux soigneusement cachetés, contenant des liards et des pièces de deux liards, et *jure, mais un peu tard, qu'on ne t'y prendra plus.*

Il faut avouer cependant que des gens qui acceptent des pièces de vingt francs pour quinze ne sont pas fort délicats.

Une brave fermière des environs de Choisi-le-Roi sortait de la Banque de France, où elle venait de recevoir une somme de 800 fr., lorsqu'elle fut accostée par deux individus qui, grâce à cette manœuvre cent fois signalée et dont on devrait croire le succès désormais impossible, parvinrent à l'entraîner dans un cabaret de la rue Montorgueil, puis bientôt à lui enlever son argent, en lui laissant en échange le sac de cuir cadenacé ordinaire, contenant invariablement un rouleau de sous au lieu de doubles napoléons.

Désolée de sa mésaventure, lorsqu'après avoir vainement attendu plus de deux heures le retour de l'*Américain* et de son compère, sortis sous prétexte d'aller vérifier la valeur des écus qu'ils lui dérobaient, elle raconta ce qui lui était arrivé au marchand de vin, la pauvre dupe n'eut d'autre recours que d'aller faire sa déclaration au commissaire de police du quartier, qui immédiatement en donna avis à M. le préfet.

Le soir même, un des deux voleurs était arrêté dans des circonstances qui méritent d'être rapportées. Un inspecteur de police en surveillance dans le quartier du Palais-Royal, ayant remarqué des individus bien connus de lui qui s'attachaient au pas d'un provincial, et engageaient avec lui la conversation, ne douta pas que les deux industriels n'ébauchassent en ce moment la tentative d'un nouveau vol. Il les suivit à distance, les vit entrer avec leur dupe chez un marchand de vins de la rue Notre-Dame-des-Victoires, et après les avoir laissés quelques instans renfermés dans un cabinet où ils s'étaient fait servir à boire, pria le marchand de vins de dire à l'étranger, dont il lui donna exactement le signalement, qu'un de ses compatriotes avait à lui parler un moment et le priait de descendre. « Je devine la proposition qui vous est faite, lui dit-il, lorsqu'il se fut rendu à son invitation : de ces deux hommes en compagnie desquels vous vous trouvez, l'un au moins est un voleur déjà repris de justice. Feignez de tout ignorer, acceptez l'offre qu'ils vous font de changer votre argent ou vos billets contre de l'or, et sortez avec eux, comme pour aller chercher des valeurs plus considérables dans votre malle. Je me charge du reste, et je vais arrêter les deux filous qui vous ont choisi pour point de mire. »

Ainsi fut fait, hormis toutefois qu'un seul put être arrêté, son acolyte ayant pris la fuite aussitôt qu'il avait aperçu l'agent.

Conduit à la préfecture de police, l'individu arrêté, déjà condamné pour semblables faits, se récriait vivement, et protestait de son innocence ; mais les magistrats ayant fait appeler différentes personnes qui avaient été depuis quelque temps victimes de ce piége grossier désigné sous le nom de *vol à l'américaine*, trois ont déclaré le reconnaître, entre autres la fermière de Choisy-le-Roi, qui, au moment où on le lui présentait perdu au milieu de cinq ou six autres détenus, s'est écriée : « Le voilà, le coquin de baragouineur qui m'a emporté mes 800 fr. et m'a laissée en faction rue Montorgueil ! »

Le voleur, malgré ces constatations positives d'identité, se renferme dans des dénégations absolues ; mais il n'en est pas moins conduit en prison, sous prévention de vol à l'aide de manœuvres frauduleuses et étant en état de récidive.

Une espèce de fermier, vêtu d'une blouse, passant rue Montmartre, tenait sous le bras droit une sacoche pesamment garnie. Tout à coup il est accosté par un individu qui lui parle de la pluie et du beau temps; un peu plus loin, un autre, baragouinant l'anglais, aborde les deux premiers, demande le chemin de la Bourse et offre une pièce d'or pour salaire à celui qui voudra l'y conduire.

Le paysan accepte de partager avec l'autre cette bonne aubaine. Chemin faisant, l'étranger offre d'échanger tout son or contre de l'argent, à raison de trois grandes pièces blanches contre une petite jaune. On entre chez un marchand de vins. Le prétendu Anglais exhibe une poignée d'or et bon nombre de rouleaux; le fermier, qui sait à quoi s'en tenir, ne lâche pas son sac, et, de la main qui lui reste libre, il saisit l'Anglais en criant : *Au voleur !*

Aussitôt le compère s'enfuit; un autre, qui faisait le guet à la porte, gagne aussi au large; deux sergens de ville, accourus au bruit, s'emparent de l'étranger et saisissent ses rouleaux qui ne contenaient que du charbon. C'est un individu déjà arrêté vingt-trois fois dans les mêmes circonstances.

Un autre vol à *l'américaine* a mieux réussi rue de Ménilmontant. Un garçon de recette, qui venait de toucher 1,900 fr., s'est laissé enlever cette somme, et a couru, tout en pleurs, faire sa déclaration chez le commissaire de police.

TROIS MOIS DE DÉTENTION PRÉVENTIVE.

Voici le compte rendu d'une séance de la police correctionnelle dans le département des Landes ; il nous inspire des réflexions bien amères sur la manière dont s'administre chez nous le régime de la détention préventive :

« Le prévenu est introduit : c'est un paysan en blouse et en sabots. Il est âgé de quarante-cinq ans. Sa figure longue, pâle, anguleuse, atteste une captivité qu'il a échangée contre l'air libre et pur des champs et des forêts. Il est accusé d'injures envers un garde-champêtre dans l'exercice de ses fonctions.

Le garde-champêtre, plaignant, premier et unique témoin, dépose que le prévenu, domestique, se trouvait avec son maître en délit de pêche dans un ruisseau communal, et que, voulant exercer ses fonctions, il avait été menacé et traité de coquin par le prévenu.

Ce à quoi le prévenu répond que le garde-champêtre s'était avancé sur lui un gourdin à la main, et que, pour ne pas être battu, il avait été obligé de faire bonne contenance et de l'intimider à son tour par paroles.

M. le président : Prévenu, avez-vous un défenseur ?

Le prévenu : Non, Monsieur.

M. le président : La cause est entendue. Renvoi à huitaine pour prononcer le jugement.

Un avocat : Mais, monsieur le président, vous n'y songez pas. Voilà un homme qui est depuis trois mois en prison pour un délit qui, alors même qu'il serait prouvé, ne le rendrait passible que d'une simple amende, et vous le renvoyez encore pour huit jours en prison !

Il y a mieux, c'est qu'il y a prescription dans cette affaire, car la loi dit d'une manière positive que, dans le cas d'outrages ou injures envers un fonctionnaire public dans l'exercice de ses fonctions, la prescription est acquise si une instance n'a pas été formée dans les six mois qui ont suivi le délit. Or le fait dont le garde-champêtre se porte plaignant remonte au mois de mars 1841; nous sommes en mai 1842 : il y a donc prescription, plus que prescription.

M. le président, s'adressant au procureur du roi : Quoi! cet homme est en prison pour un fait qui ne comporte qu'une simple amende! Je n'y conçois rien, c'est inconcevable. Au fait, je ne puis le relaxer maintenant; mais au lieu de renvoyer le prononcé à huitaine, c'est demain que nous prononcerons le jugement.

Le pauvre diable a été reconduit en prison, et nous aimons à croire qu'il aura été acquitté le lendemain. »

UN VIEUX DE LA VIEILLE.

Ravaut, vieux chiffonnier, âgé de près de soixante ans, vient prendre place sur le banc de la police correctionnelle. Sa figure est coupée verticalement par un large coup de sabre, qui, partant de l'œil gauche, s'étend jusqu'au menton en passant sur le nez, qu'il divise en deux parties. Sur sa veste, formée de lambeaux d'étoffes de toutes couleurs rendus uniformes par la crasse qui les couvre, brille une croix d'ordonnance de la Légion-d'Honneur, suspendue à un ruban tout neuf.

Ravaut est prévenu de vagabondage.

M. le président : Quel est votre état ?

Ravaut : Vieux de la vieille, et un peu.

M. le président : Qu'est-ce que c'est que cela ? Parlez donc intelligiblement.

Ravaut : C'est clair et limpide.... ça veut dire ancien troupier de la vieille garde.

M. le président : Aujourd'hui n'êtes-vous pas chiffonnier ?

Ravaut : C'est vrai ; c'est mon état civil, je n'en rougis pas.

M. le président : Vous avez été arrêté couché la nuit dans la rue.... Vous n'avez pas de domicile ?

Ravaut : C'est vrai et véritable que j'en étais dénué ce jour-là.

M. le président : Vous êtes décoré de la Légion-d'Honneur ?

Ravaut : Je m'en vante !... C'est relativement au grain de beauté que vous voyez sur ma face, et dont m'a fait cadeau un grand gueux de Cosaque, que si je le tenais je lui ferais payer ça avec les intérêts.... C'est égal, ça prouve que je ne lui tournais pas le dos, toujours.

M. le président : Comme légionnaire, vous touchez une pension ?

Le prévenu : 250 francs, tant que ça peut s'étendre.

M. le président : Comment se fait-il, avec cela, que vous soyez en état de vagabondage ?

Le prévenu : Je vas vous expliquer ça....

Depuis dix ans, je ne sais pas comment ça est venu, mais j'ai pris un amour d'enragé pour le casse-poitrine de Paul Niquet. Dès que j'ai touché mon semestre, n'y a pas à dire, faut que je boive tant qu'il y en a encore.... Pour peu, après ça, que l'ouvrage ne donne pas, je ne peux pas payer mon logeur; il me met à la porte, et je me couche où je me trouve quand je suis fatigué.

M. le président : C'est un délit d'être sans domicile.... vous vous exposez à être placé sous la surveillance de la haute police.

Le prévenu : Comment! pour cela?

M. le président : Sans doute, et pendant deux ans.

Le prévenu : Excusez!... Figurez-vous que c'est pas ma faute, j'ai demandé à la Légion-d'Honneur qu'on me paie ma pension par jour : on n'a pas voulu.... Ça m'aurait pourtant bien été; j'aurais payé mon logeur, et j'aurais pu fricoter le reste à mon idée.

M. le président : Si le tribunal se montrait indulgent, promettriez-vous de ne plus retomber dans la même faute?

Le prévenu : Bien sûr! C'est déjà pas si amusant de venir ici.

Le tribunal condamne Ravaut à huit jours d'emprisonnement.

Ravaut : Mon président, voudriez-vous demander à la Légion-d'Honneur qu'on me paie ma pension par jour?

M. le président : Vous savez bien que cela ne se peut pas; mais écoutez-moi : quand vous toucherez votre semestre, payez six mois d'avance à votre logeur ; vous serez sûr, par ce moyen, d'avoir toujours un gîte.

Ravaut : Et dire que je n'avais pas pensé à cela !... Je ne suis qu'une vieille bête ! Merci, mon président, j'y obtempérerai.

AVIS AUX JEUNES FILLES.

Séduite par un homme dont le nom et la fortune semblaient lui promettre un avenir heureux, la fille Lefèvre avait quitté son village pour venir vivre à Paris, près de son séducteur. Les premiers temps de cette union clandestine furent assez heureux ; mais la jeune fille étant devenue enceinte, l'homme qui l'avait entraînée l'abandonna.

L'enfant né de cette union fut néanmoins mis en nourrice par la jeune mère, qui comptait sur le produit de son travail pour subvenir à cette dépense ; mais au bout de quelques mois le travail lui manqua, et la nourrice lui écrivit qu'elle allait lui ramener son enfant. En effet, la nourrice arriva chez elle.

« Ouvrez, dit-elle, en frappant à la porte de la pauvre fille, c'est moi qui vous rapporte votre enfant. »

La malheureuse mère, qui manquait de pain pour elle-même, fut alors saisie du plus violent désespoir, et prenant un couteau qui se trouvait à sa portée, elle se coupa la gorge. La nourrice, effrayée des gémissemens qu'elle entendait, appela au secours ; le commissaire de police du quartier arriva bientôt; il fit ouvrir la porte de la chambre par un serrurier, et l'on trouva la pauvre mère étendue sur son lit et se débattant contre la mort.

Transportée sur-le-champ à l'hospice, cette malheureuse ne tarda pas à succomber à la gravité de ses blessures.

IL N'EST PAS PERMIS DE COUCHER AVEC UN AMI.

Un pauvre diable, riche de cinquante ans, d'une paire de savattes et d'un chapeau défoncé, est traduit devant la police correctionnelle pour vagabondage.

M. le président : Où demeurez-vous ? — *R.* Rue de la Roquette.

D. Vous avez été trouvé, la nuit, dans cette rue; mais je vous demande si vous aviez un domicile : où couchiez-vous ? — *R.* Avec un ami.

D. Quel est cet ami ? — *R.* Le voilà. (*Il se tourne vers un détenu assis à son côté.*)

D. Mais cet homme a été arrêté avec vous, couché dans la rue ? — *R.* Eh bien! oui, j'étais couché avec lui; j'étais pas tout seul comme un chien sur le pavé. Par conséquent, je ne suis pas un vagabond.

D. Prétendez-vous soutenir sciemment qu'il suffit de n'être pas seul pour n'être pas vagabond ? — *R.* Bien sûr; des fois qu'il y a une paire ou une couple de paires d'amis, on s'attache à boire, on va se promener, le sommeil vient, on se couche; on est des citoyens qui s'amusent et non des vagabonds.

8.

D. Oui, si on a un domicile et des moyens d'existence. Avez-vous des moyens d'existence? — *R.* Quand j'étais moutard, ma mère disait toujours aux voisins que j'en avais beaucoup, des moyens; mais n'ayant pu me continuer à l'école, on me les a coupés, mes moyens; j'ai jamais su qu'épeler

D. Je ne vous parle pas de vos moyens pour la lecture, je vous demande si vous avez des ressources pour vivre, si vous avez un état, si vous travaillez? — *R.* Des états, beaucoup, j'en ai; d'abord, mes états de service de troupier; mais je les ai égarés; après, je suis rinceur de bouteilles et fais la commission, et généralement tout ce qu'on veut me confier à confectionner, soit en courses ou ouvrages à bras.

Malgré cette multitude de ressources et sa définition du vagabondage, le prévenu est condamné à vingt-quatre heures de prison.

LES NÈGRES BLANCS. — LA JUMENT DÉGUISÉE. — DEUX NÈGRES MARRONS.

L'île de Cuba a été victime, il y a quelque temps d'une étrange fourberie.

Un prétendu négrier américain, étant arrivé avec une cargaison de six cents nègres, trouva facilement à s'en défaire; mais, trois semaines après, ces nègres disparurent en une nuit de leurs habitations sans qu'il fût possible d'en rattraper un seul. Le surlendemain, on remarqua un grand mouvement sur le port; six cents Européens avaient pris passage sur le même navire qui partait pour la Jamaïque.

On fit une enquête auprès des colons qui avaient possédé ces nègres, et l'on apprit que, pendant les derniers jours qui précédèrent leur fuite, une maladie s'était déclarée chez la plupart d'entre eux, qui leur faisait perdre leur couleur noire sur place.

Un pharmacien vint déclarer que, s'il était impossible de blanchir un nègre, il était facile de noircir un blanc, et, pour le prouver, il trempa sa main dans une eau blanche, la retira, et, l'ayant exposée au soleil pendant une minute, elle devint aussitôt d'un beau noir qu'aucun lavage ou savonnage ne put faire disparaître ; mais il ajouta que dans trois semaines cette main serait plus blanche que l'autre. Il déclara en même temps qu'il avait préparé une grande quantité de nitrate d'argent pour le capitaine du navire qui venait de partir. Il est donc probable que ce voleur de nouvelle espèce va de nouveau noircir sa cargaison et la vendre d'île en île.

Ces faux nègres ne sont qu'un ramassis de vagabonds de tous les pays, qui ont été enrôlés sans doute dans les ports des États-Unis ; il y en a qui parlent l'anglais, l'espagnol et le français. On leur trouvait tant d'intelligence que presque tous avaient été employés au travail des champs ; on les avait casés dans les habitations comme domestiques, et quelques uns étaient devenus de féroces contre-maîtres, qui traitaient les nègres on ne peut plus cruellement.

Un honnête habitant de Vouziers (Ardennes), désirant changer sa jument, fatiguée par un long service, côntre une autre, la conduisit à la foire, où bientôt il fut accosté par deux maquignons de nouvelle espèce. « J'ai parfaitement votre affaire, dit l'un des industriels, une belle et excellente bête ; mais elle ne sera ramenée que dans deux heures. En attendant, nous pouvons déjeuner, et le temps nous semblera moins long. » En effet, on s'installe dans une auberge, et, après de nombreuses libations, la jument proposée arrive. On fait courir la bête à franc étrier, probablement à l'aide de stimulans assez en usage en pareille circonstance. La robe, la crinière, les sabots polis, tout détermine aussitôt le marché, moyennant quatre cents francs de retour.

L'acquéreur, revenant chez lui, tout enchanté de son acquisition, voyait sa monture doubler le pas à mesure qu'il approchait de sa résidence, et son étonnement fut beaucoup plus grand encore lorsqu'ayant mis pied à terre dans sa maison, l'animal, de son propre mouvement, traversa seul les deux cours pour se rendre directement à l'écurie.

Hélas ! la pauvre bête n'en était sortie le matin que pour aller faire changer la couleur de sa robe dans le malencontreux voyage et pendant le joyeux déjeuner qui fut vraiment payé trop cher, tout confortable qu'il était.

Deux nègres s'enfuirent de chez un planteur de la Virginie, emmenant un cheval qui lui appartenait. Ils se mirent en route vers la pointe du jour, et se servirent du stratagème suivant pour échapper au danger d'être arrêtés :

Un des nègres lia fortement l'autre avec une grosse corde autour du corps, l'attacha à sa selle et le traîna ainsi avec lui. Lorsque le cavalier était arrêté et questionné aux plantations qu'il traversait, il répondait que le coquin de noir avait déserté son maître et qu'il avait été assez heureux pour le rattraper; qu'il le ramenait à la plantation, où l'attendait le châtiment qu'il avait mérité.

Ce stratagème réussit parfaitement. Le cavalier fut partout bien accueilli; on loua sa fidélité; il reçut toute sorte d'assistance et de secours, et son cheval et lui ne manquèrent de rien.

Arrivés à des endroits déserts, où ils ne pouvaient être aperçus, les fugitifs changeaient de rôle, le cavalier se laissait garrotter, et son camarade montait à cheval. Ils atteignirent heureusement les frontières de la Pensylvanie, d'où ils passèrent au Canada, et furent ainsi libres dès qu'ils eurent mis le pied sur le territoire anglais.

LE VIEILLARD IMPRUDENT; HUMANITÉ DE SES JUGES.

« Monsieur le président, l'homme que vous aller juger est un père de vingt enfans, un homme de talent qui a de quoi gagner son pain dans les plafonds et qui n'a jamais eu l'idée de commettre aucun vagabondage. Nonobstant, je ne suis pas fâché d'avoir été en prison ici. Quand on m'a pris, on n'a pas eu grand'peine, je n'y voyais goutte : aujourd'hui je vois supérieurement.... Dieu ! que je vois bien ! je vois les arbres, je vois les voitures, j'ai l'honneur de vous voir, ainsi que toute l'aimable société. Je puis dire que j'ai une fière obligation à vos médecins. »

Ainsi parle, devant le tribunal correctionnel, le vieux Cochery, plafonneur de son état, arrivé de Châlons à Paris pour y faire fortune, malgré ses soixante-six ans, et qui n'y a rencontré que deux bons gendarmes qui l'ont arrêté et mené coucher en prison.

M. le président : Vous n'avez pas de moyens d'existence, et des renseignemens pris ont fait connaître que vous aviez vendu deux fois les meubles de votre femme.

Cochery : Deux fois ! ce n'est pas le compte. Je les ai vendus sept fois, pour faire honneur à mes affaires et payer mes dettes. Je ne crains rien, je peux lever la tête. J'ai du talent.

M. le président : Pourquoi êtes-vous venu à Paris ?

Cochery : Pour exercer mes talens. A cet effet, j'avais vendu une redingote et un gilet pour 25 fr. Avec ça on va loin. J'étais fatigué ; je m'étais assis sur les pavés du roi qui sont sur les bords de la route ; je comptais ceux de la route, et pour preuve je vous dirai que chaque rangée est de nombre pair. J'ai remis aux gendarmes mon passeport de Châlons, enveloppé d'un papier bleu avec un fil rouge.

M. le président : Et que feriez-vous à votre âge si on vous mettait en liberté ?

Cochery : Je m'en irais au pays, et vite encore.

M. le président : Mais vous n'avez pas de quoi faire votre route ?

Cochery : Oh ! pour cela, c'est l'embarrassant. Mais vous êtes de si dignes personnes, vous me ferez bien avoir quelques secours et un passeport, et je retournerai au sein de mes vingt enfans.

La prière du pauvre vieux est entendue du tribunal ; les juges se cotisent, et un huissier commis par eux lui remet discrètement une petite somme d'argent avec une lettre pour obtenir un gîte gratuit pendant quelques jours avant son départ.

LA BAGUETTE DE COUDRIER VIERGE.

Un jour un inconnu entra dans une maison de la rue de la Clef, à Liége, habitée par un jeune couple que l'hymen venait d'unir ; il tenait à la main une *baguette de coudrier vierge*, et, muni des renseignemens qu'il avait recueillis au cabaret voisin, il s'approche de la jeune mariée et lui dit : « Ma baguette m'a déjà révélé que vous étiez heureuse en ménage, et votre mari vous sera fidèle ; en entrant dans votre demeure, elle a frémi dans mes mains, je suis sûr qu'un trésor y est caché ; si vous voulez vous confier à mon art, avant vingt-quatre heures ce trésor est à vous. » Il lève alors les yeux vers le ciel, puis après avoir marmotté aux quatre coins de la maison des prières mystérieuses, il fait le tour des différentes pièces, tenant par les deux bouts la baguette magique, que les jeunes époux regardaient avec anxiété. Tout à coup elle s'agite, tourne et retourne vivement sur elle-même, malgré les efforts que le devin semble faire pour la contenir. « Le trésor est dans votre cave, s'écrie-t-il alors ; mais pour découvrir la place et la profondeur à laquelle vous devez fouiller pour vous en rendre maître, il me faut de la poudre myrocopistica, pour neuf pièces de neuf sous ; un vieux berger la vend à Herstal, et c'est moi qui dois aller la chercher. »

L'épouse remet au devin les neuf pièces de neuf sous demandées, et notre homme, au lieu d'aller acheter la poudre myrocopistica, prend la poudre d'escampette. A quelque temps de là, sa dupe étant entrée par hasard dans un café de la rue Royale, retrouva son sorcier, prêt à recommencer ses exercices cabalistiques : sans dire mot, il court à la Permanence, raconte son histoire et revient avec deux pompiers, qui s'emparent du devin, à qui la baguette et les cartes n'avaient sans doute point révélé ce sort-là.

C'était un maçon domicilié à Clermont, condamné déjà quatre fois à de fortes peines pour le même fait. Traduit de nouveau devant le tribunal correctionnel, sous l'accusation d'escroquerie, il a été condamné, vu son état de récidive, à cinq années d'emprisonnement et 3oo fr. d'amende.

UN VOLEUR MALHEUREUX.

M. D..., employé au ministère des finances, et possédant une petite maison de campagne près de Saint-Maur, se rendit un soir à cette habitation, contre son habitude qui était de ne quitter Paris que le dimanche matin. En entrant dans la cour, il fut très-surpris de ne pas voir venir à lui son chien, seul gardien de la maison, auquel une femme du voisinage était chargée d'apporter à manger chaque jour ; mais la surprise de M. D... fut bien autre lorsqu'il aperçut une lumière au premier étage. Heureusement il apportait son fusil de chasse ; il entre donc sans hésiter, s'élance dans l'escalier, au bas duquel il trouve son chien mort, entre dans sa chambre à coucher dont la porte est ouverte, et couchant en joue un individu qu'il trouve à faire des paquets, il s'écrie : « Si tu fais un pas, tu es mort ! » Le voleur effrayé tombe à genoux et demande grâce. Alors M. D..., sans cesser de le tenir en joue, lui ordonne de se déshabiller, et bien persuadé que ce misérable n'a plus d'armes, il le fait marcher devant lui, et le conduit même jusqu'à ce qu'il trouve main-forte. Le voleur a été mis à la disposition de l'autorité locale.

UNE MAUVAISE NUIT.

Un propriétaire de la commune de Rueil (Seine), dont l'élégante maison donne sur la grande route, était un soir paisiblement assis au coin de son feu après dîner, lisant son journal avec ce soin consciencieux des négocians retirés des affaires, des employés en retraite, de tous ceux enfin qui goûtent trente jours du mois les douceurs du *far-niente*. De l'extérieur on pouvait voir, grâce à la vive clarté qui se reflétait sur le lecteur, que toute son attention était attachée sur quelque premier-Paris politique ou sur quelque dramatique feuilleton ; son chien, couché près de son fauteuil, dormait du sommeil de l'innocence et de la digestion, toute la maison était dans le silence ; et, sans le bruit du vent du nord qui prolongeait si tristement l'hiver, on eût entendu une mouche voler.

Sur ces entrefaites, la sonnerie de la pendule tinta dix coups, heure presque tardive pour se coucher à la campagne ; le lecteur ploya soigneusement son journal, alluma une bougie, et se dirigea vers l'escalier du premier étage pour monter à son appartement. En ce moment, un bruit de pas se fit entendre sur la route, et deux individus paraissant marcher avec une grande précipitation échangèrent quelques paroles. En entrant dans sa chambre à coucher, M. N..., qui avait remarqué cette circonstance, en eut bien vite l'explication. La fenêtre donnant sur la route était toute grande ouverte ; les tiroirs de son bureau étaient bouleversés, en désordre, et une somme assez considérable qui s'y trouvait avait été enlevée. Les voleurs, ainsi qu'il fut facile de le constater, étaient parvenus sur le chambranle extérieur de la fenêtre en grimpant sur un des arbres de la route dont les branches s'étendent jusqu'à la maison ; parvenus là, ils avaient fracturé dans un de ses angles le carreau le plus proche de l'espagnolette, ils avaient ouvert la fenêtre, et s'étaient introduits dans l'appartement sans que le propriétaire les eût entendus, sans que le chien se fût réveillé. Par une circonstance heureuse et singulière, ils n'avaient pas ouvert le secrétaire, à la serrure duquel était la clef, et qui contenait une somme et des valeurs beaucoup plus considérables que ce qu'ils ont dérobé. Sans doute le temps leur avait manqué, et quelque complice faisant le guet leur avait donné le signal de la retraite.

Une déclaration faite pardevant le maire de Rueil a été immédiatement transmise à M. le préfet de police.

LE PARRICIDE.

Philéas Berger, habitant un village du département de Seine-et-Marne, après avoir bu avec son père dans un cabaret de Villemeneux, revenait à travers une prairie. Tout à coup Philéas, qui avait déjà réclamé son bien à son père, brandit une pelle ferrée qu'il portait, en frappa le vieillard à la tête, et l'abattit du premier coup. L'instrument du crime se brisa et vola en éclats. La victime, inondée de sang, roula à terre. Le manche de la pelle était resté aux mains du meurtrier; il en frappa à coups redoublés la tête de l'infortuné, brisant les os de son crâne et broyant la cervelle.

Son crime consommé, le parricide jette son arme et s'enfuit; bientôt le remords semble envahir son âme; des pleurs sillonnent ses traits. Mais en lui domine toujours la haine, et comme la joie de la vengeance qu'il vient d'assouvir : « Je viens, dit-il à l'adjoint de Comblaville, je viens de tuer mon père; mais je n'en ai pas regret; le premier coup était mortel; mais de crainte qu'il ne revienne, je lui ai récidivé plusieurs fois. » Puis il va boire dans un cabaret, et là, quand on lui dit que son père est mort : « Tant mieux! répond-il, j'en suis content ; je lui ai donné plus de dix coups.... Après qu'il n'en voulait plus, je lui en ai donné encore ; il y a deux ans que je lui promettais cela.... Je lui avais bien dit qu'il ne mourrait pas de sa belle mort. »

Devant le jury comme dans l'instruction, Philéas Berger a raconté tous les détails de son crime. Déclaré coupable, il a été condamné à la peine des parricides, et a entendu, sans paraître ému, l'arrêt fatal.

DÎNER CHAMPÊTRE INTERROMPU.

Un riche manufacturier du faubourg Saint-Antoine avait résolu d'aller faire un dîner sur l'herbe avec sa famille. On choisit le bois de Vincennes ; les préparatifs terminés, la famille se mit joyeusement en route un dimanche, emportant dans une voiture force bourriches et paniers abondamment garnis.

A quatre heures, tout le monde était à table, c'est-à-dire que chacun des convives, assis sur l'herbe, faisait honneur au festin champêtre. Tout à coup une violente explosion se fait entendre ; elle est suivie, à de très-courts intervalles, d'une seconde et d'une troisième, puis immédiatement deux jeunes gens apparaissent, courant et criant : « On se bat! on se bat! sauvez-vous! »

En un instant toute la famille, vivement effrayée, est sur pied et prend la fuite précipitamment. Au bout d'un quart-d'heure, cependant, le chef de la famille, n'entendant plus rien et voyant que tout était tranquille autour de lui, revint en toute hâte au lieu où le dîner avait été servi, mais il n'y trouva que quelques misérables débris : linge, argenterie, comestibles, tout avait disparu.

L'OMELETTE EMPOISONNÉE.

Langlois fils, vivant célibataire à Gaille-Fontaine (Seine-Inférieure), tenait à terme, moyennant 1,800 fr. par année, une propriété de son père, vieillard de soixante-douze ans. Il avait une soif ardente de l'or ; plusieurs fois il avait été condamné pour usure ; la succession de son père ne s'ouvrant pas assez vite, il résolut de tenter un parricide par tous les moyens qui pourraient le conduire le plus promptement à ses fins. Il trouva bientôt sous sa main un jeune homme de vingt-trois ans, marié, père de famille, accablé de misère, aux yeux duquel il fit briller de l'or, et, pour 1,000 fr., il eut un assassin, un empoisonneur !

Une omelette mélangée d'arsenic, préparée par Langlois fils, et envoyée par lui à son père dans les champs, n'avait produit qu'une indisposition de quelques jours. C'est alors que le sang du père est marchandé, et que Godefroi, couvreur en paille, se charge d'aller, la nuit, à la porte du vieillard, attendre sa sortie et le frapper ; celui-ci ne sortit point, et la tentative n'eut point de suite. Godefroi est muni d'un fusil ; il se procure des balles, Langlois l'exerce au tir, et, certain qu'il sait tuer un lapin, une poule, il l'envoie en embuscade au milieu du jour. Le vieillard, occupé à ramasser des pommes dans un herbage, est frappé d'un coup de fusil tiré derrière une haie; à ses cris, des voisins courent après l'assassin, sans pouvoir l'arrêter, et reviennent transporter le vieillard, dont le bras était fracturé.

Pendant qu'on donnait des soins à Langlois père, Godefroi regagnait la maison du fils, annonçait à la servante que le lièvre était bas, mais qu'il criait encore. Langlois fils sentit qu'il devait se transporter auprès de son père; et, comme son œil était sec de larmes, il prit un ognon pour exciter ses pleurs. Mais déjà le vieillard avait déclaré que l'assassin devait être stipendié par l'un des siens qu'il savait être contrarié par son projet de se remarier avec une veuve. La rumeur publique accusait le fils, et celui-ci, voyant le coup manqué, envoyait Godefroi chez un pharmacien acheter de l'arsenic pour le mêler aux boissons du blessé; heureusement l'arsenic fut refusé, et, à son retour, la justice arrêtait Langlois fils et Godefroi.

Traduits aux assises de la Seine-Inférieure, ils furent condamnés aux travaux forcés à perpétuité, par suite d'admission de circonstances atténuantes; mais le procureur-général se pourvut en cassation. La Cour suprême cassa l'arrêt, et les deux coupables, renvoyés devant la Cour d'assises de l'Eure, ont été de nouveau condamnés, Godefroi aux travaux forcés à perpétuité, et Langlois fils à la peine des parricides.

LE COMMISSIONNAIRE INFIDÈLE.

Un sieur Drouillant déménageait de son logement, situé boulevard de Charonne, 46. Il avait pris, pour transporter ses meubles peu nombreux et sa malle contenant son linge et une somme de 3,700 fr., fruit de ses laborieuses économies, un individu stationné proche de la barrière avec une sellette de décrotteur, et qu'il croyait à tort être un commissionnaire médaillé. Cet individu, après un premier voyage, revint pour charger les objets restant, et entre autres la malle; mais se trouvant seul dans le logement, il en força la serrure, chercha l'argent qu'il supposait devoir y être déposé, et trouvant enfin une espèce de sacoche en toile à matelas, il la tira à lui et la chargea sous son bras pour l'emporter. Cependant le sac, vieux et déchiré par un long usage, se rompit sous le poids de la somme, composée entièrement de pièces de 5 fr., et le numéraire se répandit sur le carreau de la chambre. Effrayé au bruit et craignant l'arrivée de quelque voisin ou même du sieur et de la dame Drouillant eux-mêmes, le commissionnaire infidèle ramassa quelques poignées de pièces de 5 fr. qu'il fourra dans ses poches, puis il prit la fuite précipitamment. Des recherches eurent lieu, et dans la juste prévision que le voleur passerait la journée du dimanche dans quelque cabaret, on en ordonna la visite générale à des agens du service de sûreté. Le prétendu commissionnaire fut en effet trouvé à la Courtille, nanti encore de quelques pièces de 5 fr., restant du produit du vol. Il ne put dire le chiffre de la somme qu'il avait prise, mais les époux Drouillant avaient donné à cet égard un renseignement précis. Ils avaient retrouvé 3,23o fr. avec les morceaux du sac déchiré ; c'est donc seulement de 47o fr. que le voleur leur avait fait tort. Cet individu avait déjà été repris de justice pour escroquerie et pour faux.

———

LA VOYAGEUSE IMPRUDENTE.

Mme B... C..., fabricante de velours d'Amiens, avait pris les messageries pour venir faire à Paris un payement, et en même temps pour vaquer à quelques affaires de son commerce. En montant en voiture, elle tenait à la main un joli sac en forme de cabas dans lequel elle avait déposé une somme de 36o fr. en or, trois billets de banque, dont un de 1,00a fr., et plusieurs traites de commerce payables à présentation. Le joli cabas fut malheureusement placé par Mme B... C... dans une des poches de la voiture. Aussi, tandis que la voyageuse prenait quelques instans de repos, un jeune élégant qui se trouvait seul avec elle dans le coupé retira-t-il adroitement la bourse, l'or et les billets. Sur ces entrefaites, on arriva à Senlis ; là le jeune homme descendit tandis que l'on relayait les chevaux ; mais au moment de partir, il ne reparut pas. En vain le conducteur l'appela-t-il et retarda-t-il même le départ de dix minutes. La voiture dut enfin se remettre en route, et ce fut alors seulement que la pauvre dame conçut un soupçon que l'inspection rapide de son cabas ne justifia que trop complétement.

LES VOLEURS A LA TIRE.

Le palais des singes, au Jardin-des-Plantes, est un des lieux qu'affectionnent le plus les voleurs à la tire. Il est vrai de dire que peu de lieux publics sont aussi fréquentés que celui-là par les flaneurs de toutes les catégories, et surtout par les petits rentiers, grands amateurs de spectacles gratuits. L'un de ces derniers admirait déjà depuis une demi-heure les cabrioles de cette collection de singes; près de lui était un jeune homme aux manières polies, avec lequel il avait tout naturellement échangé quelques paroles.

Bientôt le rentier tire sa tabatière en argent, prend une prise et présente la boîte ouverte à son interlocuteur; celui-ci y plongea délicatement les doigts, puis la boîte se referma et reprit sa place dans la poche du gilet d'où elle ressortit moins d'une minute après au moyen d'un procédé que voici, lequel est connu de tous les voleurs à la tire, mais que peu d'entre eux peuvent mettre en pratique, faute de la grande dextérité qu'il exige.

En mettant les mains dans la boîte, le jeune homme y avait déposé un tout petit grain de plomb, lequel était attaché à un fil de soie noire d'une extrême finesse, qui avait servi à enlever la boîte sans que le propriétaire s'en fût aperçu.

HORRIBLE DÉCOUVERTE.

Le sieur Dupain, maçon au faubourg Saint-Lazare, à Compiègne, avait disparu de son domicile depuis plusieurs années : on avait fait courir le bruit qu'il avait quitté sa femme, avec laquelle, du reste, il faisait assez mauvais ménage. Cette aventure avait, pendant quelque temps, servi de matière aux commérages; puis, ainsi qu'il arrive toujours, on ne s'en était plus inquiété. Il existe dans la maison de Dupain, habitée par sa femme, un four qui paraît servir à plusieurs habitans du quartier.

Il y a quelque temps, des voisins occupés à cuire virent une épaisse fumée sortir d'une lézarde située sous ce four, dont l'entrée, servant autrefois de cabane à lapins, avait été murée. La crainte d'un sinistre les engagea à ouvrir cette entrée; mais quel ne fut pas leur étonnement, ou plutôt de quelle horreur ne furent-ils pas saisis en trouvant sous ce four un cadavre tout habillé, adossé contre le mur, dans la position d'un homme qui dormirait paisiblement !

Ce cadavre, entièrement desséché, a été reconnu pour être celui de Dupain. Les habits sont dans un parfait état de conservation; la peau de la figure et des mains est noire et ressemble à un parchemin. Le procureur du roi, le commissaire de police et la gendarmerie se sont immédiatement rendus sur les lieux. Une information fut de suite commencée, et elle révéla que ce crime horrible avait été commis par la femme Dupain, qui a été placée sous la main de la justice.

FIN.

TABLE

DES HISTOIRES TRAGIQUES, COMIQUES, ETC.

CONTENUES DANS CET OUVRAGE.

FIN DE LA TABLE.

Paris. — Imprimerie Le Normant, rue de Seine, 8.

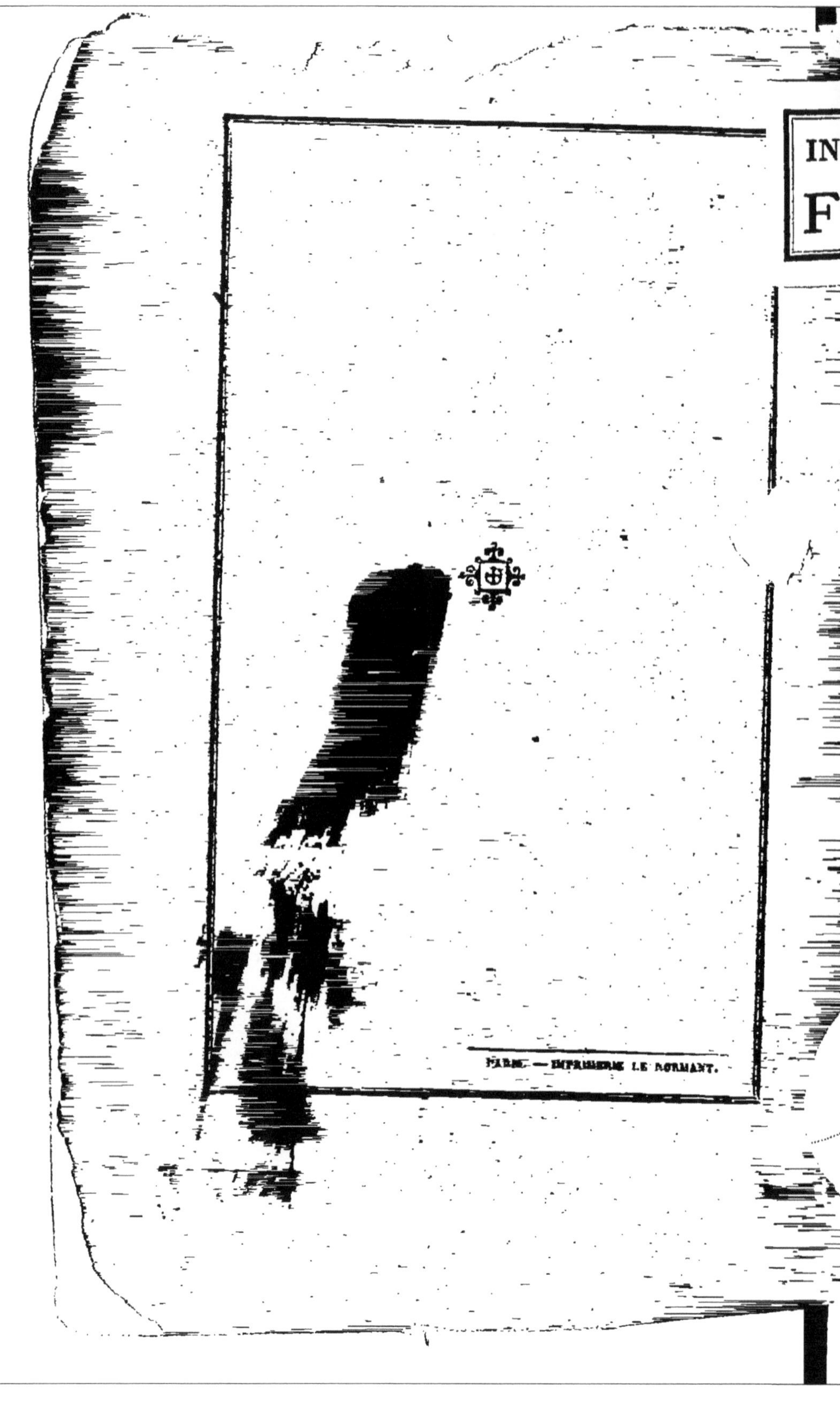

PARIS. — IMPRIMERIE LE NORMANT.

9 782019 996789